Collection dirigée par Hélène Potelet et Georges Décote

Scènes à lire et à jouer

De la 6e à la 3e

Paris 2004
ISBN 978-2-218-**74723**-6
ISSN 0184 0851

Ariane Carrère
certifiée de lettres modernes

HATIER

Sommaire

Introduction

Le théâtre

De tout temps, les hommes se sont rassemblés pour assister à cet événement qu'est une représentation théâtrale. Des amphithéâtres grecs à nos salles de théâtre modernes, des spectateurs se sont regroupés et ont partagé le même plaisir. Il est permis de croire que malgré les moyens actuels de diffusion (cinéma, télévision, vidéo), le théâtre ne mourra jamais car le jeu de l'acteur, à la fois simple et mystérieux, s'exerce dans l'instant. L'artiste exprime son art devant un public, il crée sous nos yeux. « Et il arrive quelque chose, écrit Paul Claudel, comme si c'était vrai. » Le théâtre est un art vivant, drôle ou émouvant, comique ou tragique et montre au travers de ses personnages, les défauts et les qualités, les joies et les peines des hommes.

Le théâtre, un genre littéraire

Il n'existe pas un théâtre, mais plusieurs genres théâtraux qui se sont épanouis au fil des siècles et selon les pays.

Le théâtre occidental a pour berceau le bassin méditerranéen, en particulier la Grèce où naissent la tragédie et la comédie avec Eschyle, Sophocle, Euripide et Aristophane.

La tragédie antique, comme plus tard la tragédie classique au XVIIe siècle, traite de sujets empruntés à l'histoire ou à la légende, mettant en scène des personnages illustres, en proie à de grandes passions, et menés vers un destin inéluctable. En France, Racine est l'un des grands représentants de la tragédie au XVIIe siècle.

La comédie provoque le rire en peignant des caractères, des mœurs ou des situations inattendues comme chez Plaute et Térence dans la Rome antique. Le sujet peut être sérieux mais une comédie se termine plutôt bien, souvent par un mariage chez Molière (XVIIe siècle) ou Beaumarchais (XVIIIe siècle).

Au Moyen Âge, le théâtre religieux met en scène des Mystères et Miracles, entrecoupés d'épisodes comiques qui deviennent au fil du temps des œuvres complètes comme *Le Jeu de la Feuillée*.
Les farces, quant à elles, divertissent les spectateurs en présentant des personnages de la réalité quotidienne qui se trompent les uns les autres *(La Farce du Cuvier)*.

Jacques Callot (1594-1635), *Balli di Sfessania*, Bibliothèque Nationale.

Plus tard, au XVIe siècle, la commedia dell'arte naît en Italie et se propage en France. Ses personnages traditionnels rencontrent un grand succès jusqu'à la fin du XVIIIe siècle, rajeunis par des dramaturges comme Goldoni ou Marivaux.
Pendant ce temps, le théâtre élisabéthain s'épanouit en Angleterre avec Marlowe et Shakespeare tandis que Lope de Vega, Tirso de Molina et Calderón triomphent en Espagne.
Drame romantique et vaudeville au XIXe siècle, théâtre de l'absurde au XXe siècle, le théâtre ne cesse de se renouveler pour notre plus grand plaisir.

Les lieux de représentation

Les lieux où se déroulent les représentations théâtrales ont eux aussi varié au cours des temps : théâtres en gradins situés en plein air comme à Épidaure dans la Grèce antique, parvis des églises au Moyen Âge, théâtres en plein air jouxtant une auberge comme le Globe à Londres où se produisait Shakespeare, tréteaux dressés sur les places de villages ou dans les foires comme à la Foire de Saint Germain à Paris où Jean-Baptiste Poquelin (le futur Molière) découvrit sa vocation en regardant des comédiens jouer leurs farces, salles fermées comme la salle du Palais Royal que Molière partagera avec les Comédiens italiens.
Aujourd'hui, on ne compte plus les salles de théâtre : la Comédie Française, le Théâtre de Chaillot, le Théâtre de la Ville à Paris, le Théâtre de la Criée à Marseille, le Théâtre de la Tête d'Or à Lyon...

Gravure du XVIIe siècle. Les acteurs de l'Hôtel de Bourgogne.

Le théâtre joué

Pour étudier une œuvre théâtrale, il ne faut pas seulement réfléchir sur le fond et la forme, mais tenir compte également des indications de jeux de scène, de décor, de costumes et d'accessoires.
En effet, une pièce est avant tout écrite pour être représentée car le théâtre doit être vu et le texte, aussi littéraire soit-il, est prétexte au jeu. C'est là que le metteur en scène, qui peut d'ailleurs être l'auteur, intervient : il met en valeur les idées et les paroles exprimées dans la pièce par des choix de jeux de scène, de gestes, de tons de voix…, tout en proposant son interprétation personnelle de l'œuvre.
Et ce n'est pas seulement le metteur en scène, mais aussi le décorateur, le costumier, le régisseur lumière et les techniciens qui contribuent à la réussite d'une pièce.
À l'art d'écrire, de mettre en scène, s'ajoute l'art de jouer : le comédien s'imprègne de son rôle, travaille le texte, devient le personnage auquel il donne vie.
Dès lors, le théâtre n'est plus l'œuvre d'un seul homme mais celle d'une équipe.

Dans cet ouvrage, sont regroupées des scènes plutôt amusantes qui abordent des genres et des thèmes variés : la farce, la comédie, le vaudeville, la satire, les querelles, les imprévus, l'absurde…
Scènes à lire et à jouer sera pour vous l'occasion de jouer la comédie, c'est-à-dire de faire bouger des personnages, de les faire respirer, de les recréer, bref de les faire vivre.

Scènes à lire et à jouer

François Chauveau, *Concert sous la feuillée.*
Gravure, 1675, Bibliothèque Nationale de Paris.

Texte 1

La Farce du cuvier

Auteur anonyme

La farce est un genre théâtral comique qui apparaît au XVe *siècle. Il s'agit à l'origine d'un intermède comique intervenant au cours d'un spectacle religieux, d'où le mot* farce *qui vient du verbe* farcir. *La farce devient peu à peu un spectacle à part entière : elle se présente sous la forme d'une pièce brève, comportant peu de personnages et destinée à faire rire par des procédés assez grossiers tels que les tromperies, les insultes, les jeux sur les mots, les coups de bâtons… Les farces du Moyen Âge traitent de thèmes populaires, ancrés dans la réalité quotidienne, comme le mari trompé, le voleur volé, la femme acariâtre… Les plus célèbres de ces farces sont* La Farce de Maître Pathelin *et* La Farce du cuvier. *Au* XVIIe *siècle, Molière reprendra certains procédés de la farce.*

La Farce du cuvier *a été écrite au* XVe *siècle par un auteur anonyme. Le cuvier est la cuve qui sert à faire la lessive.*

Voici l'intrigue de cette farce : Jacquinot, mari trop faible, subit la tyrannie de sa femme Anne et de sa belle-mère Jacquette qui l'obligent à faire tous les travaux ménagers. Elles lui ont fait inscrire sur un « rôlet » (un rouleau de parchemin) la liste de toutes les tâches qu'il doit accomplir.

Mais Jacquinot a une idée qui lui permettra de prendre sa revanche.

Scène 4

ANNE, JACQUINOT.

ANNE

Vous allez m'aider à plier
Tout le linge de ce cuvier[1].
Prenez le bout de cette pièce
De drap qu'avec délicatesse
Je sors humide du baquet ;
Et puis tordons-la sans arrêt…
Tendez, tournez, et tirez fort.

JACQUINOT

Voyez : je fais tous mes efforts ;
Je ne boude pas à l'ouvrage
Et tends le linge avec courage…
Je tords ; je tire…

ANNE

Vertuchou[2] !
Vous avez lâché votre bout
Et m'avez fait choir[3] en la cuve !

JACQUINOT

Dans l'onde[4] qui sort de l'étuve[5] !

ANNE

Hâtez-vous ! Je vais me noyer !
Retirez-moi de cette tonne[6] !

1. Cuve pour faire la lessive.
2. Juron aujourd'hui disparu.
3. Tomber.
4. Eau.
5. Endroit dont on élève la température pour faire bouillir l'eau. Lieu où il fait très chaud.
6. Récipient synonyme de cuve.

JACQUINOT.

Il va posément chercher le rôlet.

J'ai beau chercher ; cela m'étonne
Que vous n'ayez prévu ce cas…
Vous repêcher ? Je ne vois pas
Cet ordre-ci sur ma consigne…

ANNE

Que vous êtes d'humeur maligne[7] !
Baillez-moi[8] la main, Jacquinot !

JACQUINOT

J'ai beau consulter mot à mot
Ce billet plein de prévoyance :
Que doit faire, en la circonstance,
Un mari devenu valet ?
Je ne vois rien sur mon rôlet.

ANNE

Terminez cette facétie[9] !
Mon ami, sauvez-moi la vie !
Hélas ! la mort va m'enlever.

JACQUINOT

« Bluter[10], pétrir, cuire, laver… »

ANNE

Déjà le démon me menace
N'étant pas en état de grâce…
Et je vais sans doute mourir…

JACQUINOT

« Aller, venir, trotter, courir… »

7. Méchante.
8. Donnez-moi.
9. Plaisanterie.
10. Tamiser la farine.

ANNE

Si je lâche, c'est la noyade !
Et pas moyen que je m'évade !
Je ne passerai point le jour…

JACQUINOT

« Faire le pain, chauffer le four… »

ANNE

C'est la mort la plus redoutée,
Car je vais être ébouillantée !
Au secours ! Jacquot, c'est la fin !

JACQUINOT

« Mener la mouture[11] au moulin… »

ANNE

Las ! J'ai de l'eau jusqu'aux aisselles !

JACQUINOT

« Et récurer les écuelles… »
J'ai tout parcouru, j'ai tout vu…
Ce cas-là n'était pas prévu…

ANNE

Au secours, ma chère Jacquette !

JACQUINOT

« Et tenir la cuisine nette… »

ANNE

Allez me chercher le curé ;
Que mon salut soit assuré !

11. Opération de meunerie qui consiste à réduire en farine les grains de blé. Produit résultant de cette opération.

JACQUINOT
« Et nettoyer les casseroles... »
Non ; cela n'est pas dans mon rôle...

ANNE
Et pourquoi n'est-ce point écrit ?

JACQUINOT
Parce qu'on ne me l'a pas dit !
Puisque vous m'avez fait promettre
D'exécuter l'ordre à la lettre,
J'obéis au commandement
Que vous-même et votre maman
M'avez fait signer tout à l'heure !

ANNE
Vous souhaitez donc que je meure ?

JACQUINOT
Je me plie à tous vos décrets ;
Sauvez-vous comme vous pourrez ;
Moi, je respecte ma consigne.

ANNE
Que votre conduite est indigne !
Envoyez-moi quelque valet !

JACQUINOT
Cela n'est pas dans mon rôlet !

Scène 5

ANNE, JACQUINOT, JACQUETTE.
(Jacquette survient au bruit.)

ANNE
Au secours ! À l'aide, ma mère !

JACQUETTE
Mon enfant ! Ô douleur amère !
Ah ! j'ai le cœur en désarroi[12] !

ANNE
Je défaille ! Secourez-moi !
Je m'en vais perdre connaissance !

JACQUETTE,
cherche en vain à tirer sa fille.
Jacquot, un peu de complaisance !
Sauvez ma fille, s'il vous plaît !

JACQUINOT
Cela n'est pas dans mon rôlet !
Et c'est en vain que je contrôle :
Repêcher n'est pas dans mon rôle !

ANNE
Ah ! Jacquinot, je vous le jure !
Si de cette triste posture
Vous me tirez en cet instant,
D'un cœur contrit[13] et repentant
Je vous servirai sans contrainte
Et sans proférer une plainte !

12. Angoissé, en détresse.
13. Touché du sentiment de ses fautes.

JACQUINOT

Vous me promettez de ne plus
Me réveiller à l'angélus[14] ?
Vous m'assurez que sans tapage
Vous ferez tout votre ménage,
Sans jamais rien me commander
Qui ne soit juste et bien fondé ?

ANNE

Ah ! Recevez-en la promesse !

JACQUINOT

Par tous les saints qu'à la grand-messe
Nous invoquons, par l'Éternel[15],
Faites le serment solennel
De ne plus m'abreuver d'injures
Ni de sarcasmes !

ANNE

Je le jure
Et promets de ne plus mentir !

JACQUINOT

Alors, je veux bien vous sortir
De ce baquet plein de lessive
Où le diable vous tint captive
Pour vous éprouver un tantet[16]...
Et je déchire mon rôlet.

La Farce du cuvier,
adaptée par Henri Farémont,
Librairie théâtrale.

14. Prière qui se dit tôt le matin et le soir.
15. Dieu.
16. Un peu.

Repérer et analyser

La situation d'énonciation

– Identifier la situation d'énonciation, c'est se demander qui a émis l'énoncé, qui en sont les destinataires, dans quel lieu, à quel moment et dans quelles circonstances l'énoncé a été émis.
– Au théâtre, la situation d'énonciation est particulière : les paroles échangées par les personnages sont non seulement destinées aux personnages présents sur scène mais aussi aux spectateurs. On dit alors qu'il y a double énonciation.

1 **a.** Quels sont les trois personnages présents dans ces scènes? **b.** Quels sont leurs liens familiaux? Se tutoient-ils ou se vouvoient-ils? Justifiez votre réponse.

2 Dans quel lieu l'action peut-elle se dérouler? Relevez quelques indices montrant que l'action se passe au Moyen Âge.

L'action

3 Que demande Anne à Jacquinot au début de la scène 4? Jacquinot s'exécute-t-il?

4 **a.** De quel accident Anne est-elle victime? Quelle en est la cause? **b.** Pour quelle raison Anne s'affole-t-elle? Identifiez les types de phrases qu'elle utilise pour s'adresser à Jacquinot. Que traduisent-ils de son état? Que cherche-t-elle à obtenir de Jacquinot?

5 Quelle est la réaction de Jacquinot devant l'accident survenu à sa femme (scène 4)? S'en inquiète-t-il?

6 Quel personnage Anne appelle-t-elle alors à son secours (scène 5)? L'intervention de ce personnage est-elle efficace? Justifiez votre réponse.

Les relations entre les personnages

7 Comment Jacquinot s'entend-il avec Anne et Jacquette? Que reproche-t-il essentiellement à sa femme (vers 23 à 27)? Justifiez votre réponse.

8 **a.** Quelle raison Jacquinot invoque-t-il pour ne pas aider Anne (scènes 4 et 5)? Relevez les vers dans lesquels il répète imperturbablement cette raison.
b. Quelle est en fait la véritable raison de son refus? Que veut-il obtenir?

9 **a.** Sur quel ton Jacquinot s'adresse-t-il à sa femme au début de la scène 4 ?
b. Ce ton est-il le même dans la deuxième partie de la scène 5 ? Quelle est la valeur des présents de l'indicatif et du futur de l'indicatif dans les vers 84 à 89 ?

Le dénouement

10 **a.** Jacquinot arrive-t-il à ses fins ? À quelles conditions accepte-t-il d'aider sa femme ?
b. Montrez, en vous appuyant sur les répliques de Jacquinot (vers 84 à 101), que celui-ci fait durer le plaisir qu'il éprouve.

Le comique

Le comique peut naître :
- des mots : injures, répétitions, menaces, jeux de mots…
- des gestes : poursuites, chutes, coups de bâton, mimiques…
- des situations : renversements de situation, quiproquos…
- des caractères : obsessions, manies des personnages…

11 **a.** Étudiez le comique de situation : en quoi le calme de Jacquinot face à l'affolement d'Anne est-il comique ?
b. Dites en quoi il y a renversement de situation : quel personnage est en position de supériorité au début de l'extrait ? Lequel l'est à la fin de l'extrait ? Pourquoi ?

12 Étudiez le comique de mots : quelles expressions sont répétées ? En quoi renforcent-elles le comique de situation ?

Jouer la scène

13 Jouez les scènes 4 et 5.

Les didascalies

On appelle *didascalies* les indications scéniques (entre parenthèses et/ou en italique) fournies par l'auteur afin d'éclairer le jeu des acteurs et la mise en scène. On distingue les didascalies portant sur le décor, les gestes, le ton des répliques…

Relevez les didascalies et tenez compte des indications qu'elles vous donnent pour jouer la scène.

Les accessoires

Les accessoires sont les objets nécessaires à la représentation théâtrale.

Si vous ne possédez pas de cuvier, dessinez-en un sur une grande feuille de carton. L'élève qui jouera Anne tombera derrière et on ne verra plus que sa tête car elle jouera à genoux.
Prévoyez un grand drap pour le début de la scène.

Les effets comiques

Les farces étaient conçues pour être jouées sur des places de villages, sur de simples tréteaux, avec beaucoup de fantaisie et de drôlerie. N'hésitez donc pas à forcer un peu le trait. Ainsi, Jacquinot tire violemment sur le drap pour faire tomber Anne dans le cuvier.
Soulignez l'opposition de rythme et de jeu. Autant Anne s'affole et se débat en faisant des mouvements désordonnés dans son baquet plein d'eau, autant Jacquinot prend son temps et lit calmement son rôlet en jouant les naïfs.
Soulignez l'évolution de Jacquinot qui, dans la scène 5, acquiert de l'autorité, heureux de prendre sa revanche.

Écrire et s'exprimer

Imaginer un dialogue

14 Jacquinot rencontre un de ses amis et lui raconte le tour qu'il a joué à sa femme. Cet ami, également tyrannisé par son épouse, rentre chez lui et trouve une autre idée pour se faire lui aussi respecter.
Écrivez la scène entre le mari et la femme sous la forme d'un dialogue théâtral (répliques précédées du nom des personnages). Introduisez dans votre dialogue des didascalies.
Vous pourrez ensuite jouer la scène en classe.

Texte 2

La commedia dell'arte

La commedia dell'arte est un style de théâtre typique du théâtre italien des XIVe et XVe siècles. Il se joue à partir d'un canevas (situation donnée) sur lequel improvisent les acteurs. Ainsi que l'explique Evaristo Gherardi (1663-1700) qui a joué le rôle d'Arlequin, « les comédiens italiens n'apprennent rien par cœur, il leur suffit pour jouer une comédie d'en avoir vu le sujet un moment avant d'entrer sur le théâtre. » Le succès repose donc en grande partie sur le jeu des acteurs.

Au fil des années, plusieurs personnages se sont imposés, les plus célèbres étant Arlequin (insolent, niais, mais qui fait tout pour avoir de l'esprit), Brighella (voleur et rusé), Pantalon (le vieillard avare), Colombine (la servante coquette et malicieuse), le Docteur, Polichinelle (désagréable, fin et rusé, mais qui prend l'air stupide)… Le jeu scénique exige des attitudes exagérées, les acteurs qui incarnent ces caractères doivent donc faire preuve d'une grande souplesse. Certains portent des masques.

Le costume d'Arlequin est bariolé, il porte un masque noir et tient un bâton. Voici quelques extraits qui illustrent l'esprit d'Arlequin.

L'origine du nom d'Arlequin

CINTHIO, *à Arlequin, son valet.* – À propos, depuis que tu es à mon service, je n'ai pas encore songé à te demander ton nom.

ARLEQUIN. – Je m'appelle Arlechino Sbrufadelli. *(Cinthio éclate de rire.)* Ne prétendez pas railler ; mes ancêtres étaient gens de conséquence. Sbroufadel, premier du nom, était charcutier de son métier, mais si supérieur dans sa profession que Néron ne voulait manger que ses saucisses… De Sbroufadel naquit

Fregocolo, grand capitaine ; il épousa Fregocola qui était d'un tempérament si vif qu'elle accoucha de moi deux jours après son mariage. Mon père en fut enchanté, mais sa joie fut de courte durée, à cause de certaines chicanes que lui cherchèrent les gens de justice. Lorsque mon père rencontrait, de jour, quelque honnête homme sur le grand chemin, il ne manquait pas de lui ôter son chapeau, et si c'était la nuit, il lui ôtait son chapeau et son manteau. La justice trouva à redire à cet excès de civilité et donna l'ordre de l'arrêter. Mon père ne l'attendit pas, il me prit dans mon maillot[1], et, m'ayant mis dans un chaudron et le reste de ses meubles dans un panier, il s'enfuit de la ville en poussant devant lui l'âne qui portait sa maison et son héritier. Il frappait souvent le pauvre animal en lui criant : « Ar ! ar ! qui, en langue asiatique, signifie : Marche ! marche ! » En marchant ainsi, il aperçut derrière lui un homme qui le suivait. Cet homme, voyant que mon père le regardait avec attention, se cacha derrière un buisson et s'accroupit *(se messechin)* ; mon père qui le prenait pour l'exempt[2] chargé de l'arrêter, croyant qu'il se mettait en cette posture pour le mieux surprendre, frappa plus fortement l'âne en disant : « Ar lé chin », c'est-à-dire « Marche ! Il est accroupi ». Mais il s'aperçut bientôt de son erreur ; cet homme, qui lui avait fait si belle peur, était un simple paysan qui, pour avoir mangé trop de raisin, avait un cours de ventre[3]. De sorte que n'ayant pas encore de nom, mon père se souvenant de la peur qu'il avait eue et des paroles qu'il avait si souvent répétées, *Ar lé chin*, *Ar lé chin*, m'appela *Arlechino*.

L'origine du nom d'Arlequin expliquée par l'Arlequin Dominique (XVIIe s.) in : Pierre-Louis Dechartre, *La Commedia dell'arte*, Librairie Théâtrale, 1955.

1. Lange dont on enveloppait les bébés.
2. Officier de police.
3. Colique.

Arlequin, empereur de la Lune

Le Docteur, *posant une question à Arlequin.* – Quoy des nouvelles des Antipodes ?

Arlequin. – En voici : *(il lit)* Ces gens-là souhaiteraient avec impatience de savoir si c'est eux ou si c'est nous qui vont la tête en bas et les pieds en haut.

Pierre-Louis Dechartre, « Arlequin, empereur de la Lune », in : *La Commedia dell'arte*, Librairie Théâtrale, 1955.

Jean Antoine Watteau (1684-1721), *Arlequin, empereur de la Lune.* Huile sur toile, 1712. Musée des Beaux-Arts, Nantes.

Les infortunes d'Arlequin

ARLEQUIN, *seul.* – Je m'appelle Arlequin. Je suis qu'un pauvre bougre, sans sou et sans travail. Mais je connais bien les secrets du monde car j'ai beaucoup voyagé !

Je sais rire *(il rit)*, chanter *(il chante)*, je suis vaillant et costaud *(il montre ses muscles et fait semblant de porter une charge très lourde).*

Cependant *(il soupire)*, je ne suis pas riche. *(Il a pourtant quelques écus. Il les sort de sa bourse, les compte, les recompte et les porte à son cœur. Il les remet dans sa bourse qu'il porte à plusieurs reprises à son cœur.)*

Goldoni, *Les Trente-deux infortunes d'Arlequin.*

L'esprit d'Arlequin

OTTAVIO, *à Arlequin, en mendiant.* – Mais combien as-tu de pères ?

ARLEQUIN. – Mais je n'en ai qu'un.

OTTAVIO, *se fâchant.* – Mais pourquoi n'as-tu qu'un père ?

ARLEQUIN. – Que voulez-vous ? Je suis un pauvre homme, je n'ai pas le moyen d'en avoir davantage.

(Arlequin rêve d'épouser Colombine. Distraitement, il compte les boutons de son justaucorps et dit à chaque bouton :)

« J'aurai Colombine, je ne l'aurai pas ; je l'aurai, je ne l'aurai pas, je l'aurai, je ne l'aurai pas, *(il pleure)* je ne l'aurai pas ! »

MEZZETIN. – Qu'avez-vous ? Pourquoi pleurez-vous ?

ARLEQUIN, *pleurant.* – Je n'aurai pas Colombine. Hi ! Hi ! Hi !

MEZZETIN. – Je n'aurai pas Colombine. Hi ! Hi ! Hi ! Qui est-ce qui vous a dit cela ?

ARLEQUIN. – C'est la boutonomancie[4] !

Pierre-Louis Dechartre, « L'esprit d'Arlequin » (XVIIe s.)
in : *La Commedia dell'arte*, Librairie Théâtrale, 1955.

Arlequin, Pierrot et Colombine, trois personnages de la commedia dell'arte. Gravure sur bois, collection privée, vers 1850.

4. Le suffixe *mancie* sert à former des termes désignant des sciences divinatoires. Ici, la boutonomancie est la science de deviner l'avenir en comptant les boutons.

Repérer et analyser

La situation d'énonciation

1 Qui est le personnage principal de ces extraits ? À qui s'adresse-t-il successivement ?

Le personnage d'Arlequin

2 **a.** À quelle époque Arlequin fait-il remonter l'existence de sa famille ?
b. Quelle était la profession du premier Sbroufadel ?
c. À quelle activité se livrait le père d'Arlequin ?
d. Comment Arlequin explique-t-il l'origine de son nom ?

Les didascalies

3 Relevez les didascalies dans ces différents textes et classez-les selon le type d'indications qu'elles fournissent (voir page 16).

S'exprimer

Faire un exposé

4 Choisissez un personnage de la commedia dell'arte et recherchez des informations sur lui. Présentez votre recherche à la classe.

Créer

5 En vous inspirant d'une illustration représentant Arlequin, fabriquez le masque qu'il porte. Découpez-le dans du carton, peignez-le en noir en respectant le nez rond, les grands sourcils et la verrue sur le front.

Jouer la scène

Arlequin et Pantalon

Voici une définition du caractère d'Arlequin : « Son caractère est celui d'un valet ignorant et simple dans le fond, mais qui fait tout son possible pour avoir de l'esprit, et pousse cette envie jusqu'à la malice. Il est gourmand, poltron, fidèle, actif, et par crainte ou par intérêt, il entreprend toutes sortes de fourberies et d'impostures... Il doit exceller dans les impromptus, et la première chose surtout que le peuple demande, c'est de savoir si Arlequin est agile, s'il saute, s'il danse, s'il fait des culbutes » (*Calendrier historique des Théâtres*, 1751). Pantalon, quant à lui, est un vieillard ridicule, riche et très avare, qui a tendance à s'occuper des affaires des autres. Il reçoit souvent des coups et est toujours la dupe de quelqu'un.

Pantalon et Arlequin. Lithographie, vers 1620.

6 En respectant le caractère de ces deux personnages, improvisez une scène à partir du canevas suivant : Pantalon entre sur scène en regardant partout et, ne voyant personne, il se réjouit à haute voix d'avoir reçu une grosse somme d'argent qu'il a sur lui.
Arlequin entre à son tour sur scène et se cache pour écouter le monologue de Pantalon. Pantalon découvre Arlequin, il lui demande ce qu'il fait là et s'il a entendu ses paroles.
Arlequin fait celui qui ne l'entend pas en suivant des yeux une mouche qu'il finit par attraper au vol. Il lui arrache les ailes et la mange.

7 Imaginez ensuite la ruse que va employer Arlequin pour soutirer l'argent de Pantalon. Jouez cette nouvelle scène.

Les mésaventures d'Arlequin

8 Improvisez une autre scène sur le canevas suivant : Arlequin a très faim mais il n'a pas d'argent. Il décide néanmoins d'entrer dans une auberge. L'aubergiste, méfiant, lui demande ce qu'il veut. Arlequin lui répond qu'il n'a pas d'argent et qu'il aimerait qu'on lui offre un bon repas. L'aubergiste, furieux, le chasse à coups de bâton.

Comparer

Le secret révélé

9 Comparez le canevas proposé dans la question 6 avec deux extraits de Molière :
- les scènes 5, 6, 7, acte II des *Fourberies de Scapin* ;
- le début de la scène 4, acte I de *L'Avare*.

Texte 3

Le Malade imaginaire

Molière

Molière (1622-1673) a créé Le Malade imaginaire *le 10 février 1673 et tenu lui-même le rôle d'Argan.*

Argan, malade imaginaire, veut marier sa fille Angélique à un jeune médecin, Thomas Diafoirus, afin d'avoir en permanence un médecin à ses côtés. Or Angélique refuse le choix de son père car elle aime en secret Cléante. Béline, femme d'Argan et belle-mère d'Angélique et de la petite Louison, a surpris le jeune couple et prévenu son époux.

Argan fait alors venir sa fille cadette, Louison, afin de lui soutirer des informations. L'action se déroule dans l'appartement d'Argan.

Acte II, scène 8

LOUISON, ARGAN.

LOUISON. – Qu'est-ce que vous voulez, mon papa ? Ma belle-maman m'a dit que vous me demandez.

ARGAN. – Oui. Venez çà[1]. Avancez là. Tournez-vous. Levez les yeux. Regardez-moi. Eh !

LOUISON. – Quoi, mon papa ?

ARGAN. – Là[2] !

LOUISON. – Quoi ?

ARGAN. – N'avez-vous rien à me dire ?

1. Ici.

2. Attention ! Gare à toi !

LOUISON. – Je vous dirai, si vous voulez, pour vous désennuyer, le conte de *Peau d'âne*[3] ou bien la fable du *Corbeau et du Renard*[4], qu'on m'a apprise depuis peu.

ARGAN. – Ce n'est pas là ce que je vous demande.

LOUISON. – Quoi donc ?

ARGAN. – Ah ! rusée, vous savez bien ce que je veux dire.

LOUISON. – Pardonnez-moi[5], mon papa.

ARGAN. – Est-ce là comme vous m'obéissez ?

LOUISON. – Quoi ?

ARGAN. – Ne vous ai-je pas recommandé de me venir dire d'abord[6] tout ce que vous voyez ?

LOUISON. – Oui, mon papa.

ARGAN. – L'avez-vous fait ?

LOUISON. – Oui, mon papa. Je vous suis venue dire tout ce que j'ai vu.

ARGAN. – Et n'avez-vous rien vu aujourd'hui ?

LOUISON. – Non, mon papa.

ARGAN. – Non ?

LOUISON. – Non, mon papa.

ARGAN. – Assurément ?

LOUISON. – Assurément.

3. Le texte de Charles Perrault ne devait paraître que plus tard, mais le conte était connu depuis longtemps.
4. La Fontaine avait publié son premier recueil de fables quatre ans auparavant et celui-ci avait connu un succès immédiat.
5. Non, je suis désolée.
6. Tout de suite, immédiatement.

ARGAN. – Oh ! çà, je m'en vais vous faire voir quelque chose, moi. *(Il va prendre une poignée de verges[7].)*

LOUISON. – Ah ! mon papa !

ARGAN. – Ah ! ah ! petite masque[8], vous ne me dites pas que vous avez vu un homme dans la chambre de votre sœur ?

LOUISON. – Mon papa !

ARGAN. – Voici qui vous apprendra à mentir.

LOUISON, *se jette à genoux.* – Ah ! mon papa, je vous demande pardon. C'est que ma sœur m'avait dit de ne pas vous le dire, mais je m'en vais vous dire tout.

ARGAN. – Il faut premièrement que vous ayez le fouet pour avoir menti. Puis, après nous verrons au reste.

LOUISON. – Pardon, mon papa.

ARGAN. – Non, non.

LOUISON. – Mon pauvre papa, ne me donnez pas le fouet.

ARGAN. – Vous l'aurez.

LOUISON. – Au nom de Dieu, mon papa, que je ne l'aie pas.

ARGAN, *la prenant pour la fouetter.* – Allons, allons.

LOUISON. – Ah ! mon papa, vous m'avez blessée. Attendez[9], je suis morte. *(Elle contrefait la morte[10].)*

ARGAN. – Holà ! Qu'est-ce là ? Louison, Louison ! Ah ! mon Dieu ! Louison ! Ah ! ma fille ! Ah ! malheureux, ma pauvre fille est morte. Qu'ai-je fait, misérable ? Ah ! chiennes de verges !

7. Fines baguettes de bois dont on se servait pour corriger les enfants.
8. Menteuse.
9. Regardez.
10. Elle fait semblant d'être morte.

La peste soit des verges ! Ah ! ma pauvre fille, ma pauvre petite Louison.

LOUISON. – Là, là, mon papa, ne pleurez point tant ; je ne suis pas morte tout à fait.

ARGAN. – Voyez-vous la petite rusée ! Oh ! çà, çà, je vous pardonne pour cette fois-ci, pourvu que vous me disiez bien tout.

LOUISON. – Oh ! oui, mon papa.

ARGAN. – Prenez-y bien garde au moins, car voilà un petit doigt qui sait tout, qui me dira si vous mentez.

Louis Seigner dans *Le Malade imaginaire*, mise en scène de Robert Manuel à la Comédie Française, 1958.

LOUISON. – Mais, mon papa, ne dites pas à ma sœur que je vous l'ai dit.

ARGAN. – Non, non.

LOUISON. – C'est, mon papa, qu'il est venu un homme dans la chambre de ma sœur comme[11] j'y étais.

ARGAN. – Hé bien ?

LOUISON. – Je lui ai demandé ce qu'il demandait, et il m'a dit qu'il était son maître à chanter.

ARGAN. – Hom, hom ! Voilà l'affaire. Hé bien ?

LOUISON. – Ma sœur est venue après.

ARGAN. – Hé bien ?

LOUISON. – Elle lui a dit : « Sortez, sortez, sortez ! Mon Dieu, sortez, vous me mettez au désespoir. »

ARGAN. – Hé bien ?

LOUISON. – Et lui, il ne voulait pas sortir.

ARGAN. – Qu'est-ce qu'il lui disait ?

LOUISON. – Il lui disait je ne sais combien de choses.

ARGAN. – Et quoi encore ?

LOUISON. – Il lui disait tout ci, tout ça, qu'il l'aimait bien, et qu'elle était la plus belle du monde.

ARGAN. – Et puis après ?

LOUISON. – Et puis après il se mettait à genoux devant elle.

ARGAN. – Et puis après ?

11. Alors que.

LOUISON. – Et puis après, il lui baisait les mains.

ARGAN. – Et puis après ?

LOUISON. – Et puis après, ma belle-maman est venue à la porte, et il s'est enfui.

ARGAN. – Il n'y a point autre chose ?

LOUISON. – Non, mon papa.

ARGAN. – Voilà mon petit doigt pourtant qui gronde quelque chose. *(Il met son doigt à son oreille.)* Attendez. Eh ! Ah ! ah ! Oui ? Oh ! oh ! voilà mon petit doigt qui me dit quelque chose que vous avez vu, et que vous ne m'avez pas dit.

LOUISON. – Ah ! mon papa, votre petit doigt est un menteur.

ARGAN. – Prenez garde.

LOUISON. – Non, mon papa, ne le croyez pas ; il ment, je vous assure.

ARGAN. – Oh ! bien, bien, nous verrons cela. Allez-vous-en, et prenez bien garde à tout[12], allez. Ah ! il n'y a plus d'enfants. Ah ! que d'affaires ! je n'ai pas seulement le loisir de songer à ma maladie. En vérité, je n'en puis plus. *(Il se remet dans sa chaise.)*

Molière, *Le Malade imaginaire*,
Coll. « Œuvres et thèmes », Classiques Hatier, 2003.

12. Observez tout ce qui se passe.

Questions

Repérer et analyser

La situation d'énonciation

1 Qui sont les personnages en présence ? Quels sont leurs liens familiaux ?

2 **a.** Quel rôle Argan a-t-il demandé à Louison de jouer dans la maison ?
b. Quelles informations souhaite-t-il recueillir de la bouche de l'enfant ?
c. Par ailleurs, quelle demande sa sœur Angélique a-t-elle faite à Louison ? Louison a-t-elle accepté ?

La progression du dialogue

3 **a.** Sur quel ton Argan s'adresse-t-il à Louison dans la première partie de la scène ? Quels types de phrases emploie-t-il essentiellement (lignes 9 à 34) ? Pour quelle raison ?
b. Emploie-t-il le même ton dans la seconde partie de la scène ? Quel changement pouvez-vous noter ? Quelle est la raison de ce changement ?

4 Montrez que Louison a d'abord le dessus sur son père. Pour répondre :
a. Dites quels moyens elle utilise pour se dérober à ses questions. Que cherche-t-elle en fait à lui faire croire ?
b. Relevez les termes par lesquels elle appelle son père. À quel sentiment fait-elle appel chez lui ?

5 À partir de quel moment et pour quelle raison Louison perd-elle l'avantage et dit-elle ce qu'elle sait ?

6 **a.** Quelle ruse Louison utilise-t-elle pour éviter que son père ne la fouette ?
b. Comment Argan réagit-il ? Est-il dupe de la situation ou a-t-il déjoué la ruse ? Qu'en est-il du public ?
c. Pour quelle raison selon vous Louison cesse-t-elle de jouer la comédie ?
d. Quelles révélations fait-elle finalement à son père ?

Les relations entre Louison et Argan

Louison est la seule enfant du théâtre de Molière.

7 **a.** Quelles attitudes, quelles réactions indiquent que Louison est très jeune ? Relevez les termes, les répétitions et les tournures qui appartiennent au langage enfantin.
b. Comment Argan se met-il à sa portée ? Relevez les passages qui l'indiquent.

8 **a.** Quels sentiments Argan éprouve-t-il pour Louison ? Comment les manifeste-t-il ?
b. Comment expliquez-vous l'exclamation d'Argan : « Ah ! il n'y a plus d'enfants » (ligne 100) ?

Le rythme de la scène et le comique

9 Quels procédés Molière utilise-t-il pour souligner la rapidité avec laquelle les deux personnages échangent leurs répliques ? Appuyez-vous sur la longueur de ces répliques.

10 En quoi le spectateur s'amuse-t-il de l'interrogatoire qu'Argan fait subir à Louison ? Pour répondre, analysez :
a. la façon dont la petite fille se comporte vis-à-vis de son père ;
b. la façon dont elle est obligée de dévoiler ce qu'elle sait ;
c. la réaction d'Argan lorsque Louison commence à faire des révélations.

11 Relevez les répétitions. En quoi renforcent-elles le comique de situation ?

Jouer la scène

12 Faites des groupes de deux et entraînez-vous à jouer cette scène. Quelques accessoires sont nécessaires : un fauteuil dans lequel Argan sera assis au début de la scène et un fouet avec lequel il menacera Louison.

Le jeu de Louison

Louison est une petite fille espiègle et rusée qui cherche à déjouer les soupçons de son père tout en se montrant attentionnée.

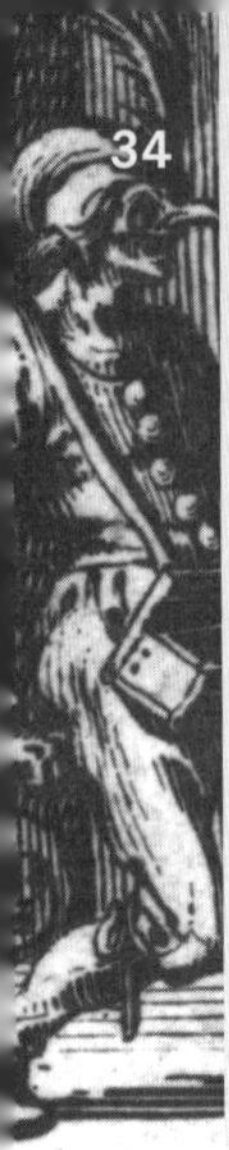

La première réplique d'Argan a valeur de didascalie : l'élève qui joue le rôle de Louison doit respecter à la lettre ces indications.
Montrez bien ensuite qu'elle a très peur du fouet.
Lorsque Louison feint d'être morte, l'élève qui tient ce rôle doit jouer avec le public qui, lui, sait encore plus sûrement qu'Argan qu'il s'agit d'une ruse destinée à faire tomber la colère du père.

Le jeu d'Argan

Argan adopte au début de la scène un ton grondeur dont le point culminant coïncide avec la ligne 47, moment où il lève effectivement le fouet sur Louison.
Il parle rapidement car il est pressé de connaître la vérité.
Il est affolé ou joue l'affolement quand Louison s'écroule puis il lui parle sur un ton radouci.
Il faut aussi insister sur le jeu du petit doigt « qui sait tout ».

Écrire

Écrire un dialogue : l'aveu

13 Louison a mauvaise conscience d'avoir trahi Angélique. Aussi finit-elle par se décider à tout lui avouer.
Écrivez la scène entre les deux sœurs sous la forme d'un court dialogue théâtral. Vous respecterez le contexte historique (le XVIIe siècle) et ce que vous savez du caractère de Louison.

Texte 4

La Demande en mariage

Anton Tchekhov

Anton Pavlovitch Tchekhov (1860-1904) est l'un des auteurs russes les plus appréciés à l'étranger. Sa sensibilité, son sens du comique, de la satire et du tragique discret émeuvent lecteurs et spectateurs.

Très connu pour ses grandes pièces comme Oncle Vania, Les Trois Sœurs *ou* La Cerisaie, *il a aussi écrit des farces en un acte.*

La Demande en mariage, *comme son nom l'indique, raconte la démarche que Lomov, propriétaire terrien, vient faire auprès de Nathalia Stépanovna, fille d'un autre propriétaire terrien. Mais l'instinct paysan risque ici de compromettre ces projets matrimoniaux.*

Scène 3

Nathalia Stépanovna, Lomov.

Nathalia Stépanovna, *entre*. – Mais… ! c'est vous ! Et papa qui me dit : « Va voir, il y a un marchand qui vient chercher la marchandise. » Bonjour, Ivan Vassiliévitch[1] !

Lomov. – Bonjour, chère et estimée Nathalia Stépanovna !…

Nathalia Stépanovna. – Excusez mon tablier, je ne suis pas habillée… Nous sommes en train d'écosser des petits pois pour les faire sécher. Il y a longtemps qu'on ne vous a pas vu… Asseyez-vous… *(Ils s'asseyent.)* Voulez-vous déjeuner ?

1. En Russie, on désigne les personnes par leur prénom suivi d'un patronyme composé de deux termes : le premier indique la filiation (formé sur le prénom du père), le second indique le nom de famille.

LOMOV. – Je vous remercie, j'ai déjà mangé.

NATHALIA STÉPANOVNA. – Fumez… Voici les allumettes… Il fait un temps superbe, ce n'est pas comme hier, il a tellement plu que les ouvriers n'ont rien fait de la journée. On a beaucoup fauché chez vous ? J'ai voulu trop bien faire et j'ai fait faucher le pré en entier, et maintenant je m'en mords les doigts, tout mon foin va pourrir. Il aurait mieux valu attendre. Mais qu'est-ce qui se passe ? On dirait que vous êtes en habit ? Eh bien ! Vous allez au bal, peut-être ?… Soit dit en passant, ça vous va très bien… Non, mais sérieusement, pourquoi cette élégance ?

LOMOV, *ému*. – Voyez-vous, chère et estimée Nathalia Stépanovna… il faut que je vous dise que je me suis décidé à vous demander de m'entendre… Vous serez, sans aucun doute, étonnée, et même peut-être fâchée… Mais je… *(À part.)* J'ai affreusement froid !

NATHALIA STÉPANOVNA. – De quoi s'agit-il ? *(Une pause.)* Eh bien ?

LOMOV. – Je tâcherai d'être bref. Vous n'êtes pas sans savoir, chère et estimée Nathalia Stépanovna, que c'est depuis toujours, depuis l'âge le plus tendre, que j'ai l'honneur de connaître votre famille. Ma défunte tante et son époux, de qui, comme vous le savez, j'ai hérité les terres, ont toujours eu la plus grande estime pour votre papa et feu votre maman[2]. La lignée des Lomov et celle des Tchouboukov ont toujours eu des rapports très amicaux et même, on pourrait dire, des sentiments de famille. Ajoutez à cela que mes terres touchent, comme vous le savez, directement aux vôtres. Vous vous rappelez peut-être que mes Prés du Bœuf sont à la limite de votre taillis de bouleaux.

2. Qui est morte depuis peu de temps.

NATHALIA STÉPANOVNA. – Excusez-moi si je vous interromps… Vous dites : « mes Prés du Bœuf »… Ils sont donc à vous ?

LOMOV. – Bien sûr…

NATHALIA STÉPANOVNA. – Comment ça ! Les Prés du Bœuf sont à nous et non pas à vous !

LOMOV. – Non, chère et estimée Nathalia Stépanovna, ils sont à moi.

NATHALIA STÉPANOVNA. – Première nouvelle ! Depuis quand sont-ils à vous ?

LOMOV. – Comment, depuis quand ? Je parle des Prés du Bœuf qui viennent en pointe entre votre taillis de bouleaux et les Marais Brûlés.

NATHALIA STÉPANOVNA. – C'est ça, c'est ça… Ils sont à nous.

LOMOV. – Non, vous vous trompez, Nathalia Stépanovna, ils sont à moi.

NATHALIA STÉPANOVNA. – Voyons, qu'est-ce qui vous prend, Ivan Vassiliévitch ! Mais depuis quand sont-ils à vous ?

LOMOV. – Depuis quand ? Aussi loin que je m'en souvienne, du temps où j'étais enfant, ils ont toujours été à nous.

NATHALIA STÉPANOVNA. – Ça alors, excusez-moi, non !

LOMOV. – Cela ressort des actes, chère et estimée Nathalia Stépanovna. Il fut un temps où les Prés du Bœuf ont été en litige[3], c'est exact ; mais actuellement tout le monde sait qu'ils m'appartiennent. Ça ne se discute pas ! Voyez-vous, la grand-mère de ma tante avait donné ces prés en jouissance aux paysans du grand-père de votre papa, gratuitement et pour un temps limité, parce qu'ils lui mettaient ses briques au four. Les paysans

3. Contestation donnant matière à un procès.

du grand-père de votre papa jouissaient des prés gratuitement pendant quelque chose comme quarante ans et s'étaient habitués à les considérer comme les leurs, mais plus tard, quand a été publié le règlement cadastral[4]...

NATHALIA STÉPANOVNA. – Ça ne s'est pas du tout passé comme vous le racontez ! Et mon grand-père, et mon arrière-grand-père considéraient que leurs terres allaient jusqu'aux Marais Brûlés, c'est donc que les Prés du Bœuf étaient à nous. Je ne comprends pas ce que vous avez à discuter. Je dirai même que c'est agaçant.

LOMOV. – Je vous montrerai les actes, Nathalia Stépanovna.

NATHALIA STÉPANOVNA. – Non, vous plaisantez ou vous me taquinez... Une vraie surprise ! Un terrain vous appartient depuis quelque chose comme trois cents ans, et voilà qu'on vous déclare qu'il n'est pas à vous ! Ivan Vassiliévitch, excusez-moi, mais je n'en crois pas mes oreilles... Je n'y tiens pas à ces prés. Il y a peut-être cinq déciatines[5] en tout, et ils valent à peine trois cents roubles, mais ce qui me révolte, c'est l'injustice. Vous pouvez dire ce que vous voulez, je détesterai toujours l'injustice.

LOMOV. – Écoutez-moi jusqu'au bout, je vous en supplie ! Comme j'ai eu l'honneur de vous le dire, les paysans du grand-père de votre papa mettaient les briques au four pour la grand-mère de ma tante. La grand-mère de ma tante, voulant leur être agréable...

NATHALIA STÉPANOVNA. – Grand-père, grand-mère, tante... Je n'y comprends rien ! Ces prés sont à nous, un point, c'est tout.

LOMOV. – Ils sont à moi !

4. Le cadastre est l'ensemble des documents définissant dans chaque commune la superficie et la valeur des propriétés.
5. Mesure agraire russe, environ 6 000 mètres carrés.

NATHALIA STÉPANOVNA. – À nous ! Vous pouvez me sortir des preuves pendant deux jours, vous pouvez vous mettre quinze habits sur le dos, ils sont à nous, à nous… Je ne tiens ni à vous prendre votre bien ni à lâcher le mien… Vous m'excuserez !

LOMOV. – Les Prés, Nathalia Stépanovna, je n'en ai pas besoin, mais c'est une question de principe. Si vous y tenez, je peux vous en faire cadeau.

NATHALIA STÉPANOVNA. – C'est moi qui pourrais vous en faire cadeau, ils sont à moi !… Tout cela est pour le moins étrange, Ivan Vassiliévitch ! Jusqu'ici, nous vous avons considéré comme un bon voisin, un ami, l'année dernière on vous a prêté notre batteuse, ce qui nous a obligé de battre notre blé en novembre, et vous, vous nous traitez comme des tziganes. Vous me faites cadeau d'une terre qui m'appartient ! Excusez-moi, mais ce ne sont pas là des procédés de bon voisinage ! Et, à mon avis, c'est même de l'insolence, si vous voulez savoir…

LOMOV. – Alors, à votre avis, je suis un usurpateur[6] ? Mademoiselle, je ne me suis jamais emparé de terres qui ne m'appartenaient pas, et je ne permettrai à personne de m'en accuser… *(Il se verse précipitamment un verre d'eau et boit.)* Les Prés du Bœuf sont à moi !

NATHALIA STÉPANOVNA. – Ce n'est pas vrai. Je vais vous le prouver. Je vais les faire faucher dès aujourd'hui, ces prés.

LOMOV. – Comment ?

NATHALIA STÉPANOVNA. – Mes faucheurs y seront dès aujourd'hui.

LOMOV. – Ils auront mon pied quelque part.

NATHALIA STÉPANOVNA. – Essayez pour voir !

6. Imposteur, celui qui s'empare par des moyens injustes de ce qui ne lui appartient pas.

Diane Valsonne et Jean-Jacques Vanier dans *La Demande en mariage*, mise en scène de Patrick Paroux au théâtre de la Gaité Montparnasse, 1997.

LOMOV, *tâtant son cœur*. – Les Prés du Bœuf sont à moi ! C'est clair ? À moi !

NATHALIA STÉPANOVNA. – Je vous prie de ne pas crier ! Criez et râlez chez vous tant que vous le voulez, mais ici je vous prierai de rester dans les limites !

LOMOV. – Mademoiselle, si je n'avais pas ces effroyables, ces douloureux battements de cœur, si je n'avais pas les veines de mes tempes qui éclatent, je vous aurais parlé tout autrement ! *(Il crie.)* Les Prés du Bœuf sont à moi !

NATHALIA STÉPANOVNA. – À nous !

LOMOV. – À moi !

NATHALIA STÉPANOVNA. – À nous !

LOMOV. – À moi !

Anton Tchekhov, *La Demande en mariage*, traduction de Elsa Triolet, Éditeurs français réunis et Gallimard, 1967.

Repérer et analyser

La situation d'énonciation

1 Quels sont les deux personnages en présence ? Quels sont leurs liens ? Se tutoient-ils ou se vouvoient-ils ? Par quels termes se désignent-ils l'un l'autre ?

2 Chez qui se trouvent-ils ?

3 À quel milieu social ces personnages appartiennent-ils ?

L'action

4 Que vient faire Lomov chez Nathalia Stépanovna ?

5 **a.** Nathalia Stépanovna connaît-elle le but de la visite de Lomov ?
b. À quelle activité se livrait-elle juste avant cette scène ? Pourquoi mentionne-t-elle ce qu'elle faisait ?

La progression du dialogue

6 Comment Nathalia Stépanovna accueille-t-elle Lomov ?

7 **a.** Quels sujets Nathalia Stépanovna aborde-t-elle dans sa troisième réplique ? Ces sujets ont-ils un lien entre eux ?
b. Quels types de phrases emploie-t-elle ? Quel sentiment exprime-t-elle ainsi ?

8 **a.** Sur quel ton Lomov s'adresse-t-il à la jeune fille ? Relevez les procédés et les expressions qui montrent qu'il respecte son interlocutrice.
b. Lomov annonce-t-il tout de suite le but de sa visite ? Est-il à l'aise devant Nathalia Stépanovna ? Justifiez votre réponse en étudiant la longueur des répliques, les tournures employées et la ponctuation.

9 L'aparté

> Un aparté est une réplique que le personnage se dit à lui-même et que les spectateurs sont censés être les seuls à entendre.

Relevez l'aparté qui se trouve dans cette scène. Qui le prononce ? Qu'exprime-t-il ?

10 Quel mot fait naître la dispute ? Montrez que la scène prend un tout autre ton à partir de ce moment. Pour répondre :
a. Dites comment réagit d'abord Nathalia Stépanovna et sur quel ton.
b. Dites à quels signes le spectateur perçoit que la dispute s'envenime (ton, propos, contradictions).
11 **a.** Quelles preuves chacun des personnages avance-t-il pour montrer son bon droit ?
b. Pourquoi tiennent-ils tant à « leur pré » ? Est-ce par intérêt financier ? Relevez dans les phrases prononcées par les deux interlocuteurs les expressions qui l'indiquent.
12 Comment la scène se termine-t-elle ? Sur quel ton les dernières répliques sont-elles échangées ?

La visée et les attentes du spectateur

13 Cette scène comporte-t-elle des éléments comiques ? Justifiez votre réponse.
14 Le spectateur peut-il penser que Nathalia Stépanovna et Lomov se réconcilieront ? Pour quelle raison ?

Jouer la scène

15 Faites des groupes de deux et entraînez-vous à jouer cette scène.

Les costumes

Cherchez les costumes adéquats :
- Lomov est emprunté dans ses habits, son col le serre trop.
- Nathalia Stépanovna, vêtue simplement, porte un tablier car elle sort de la cuisine où elle écossait des petits pois.

Le personnage de Lomov

« Je ne peux pas me marier... Premièrement, j'ai déjà trente-cinq ans, un âge critique pour ainsi dire. Deuxièmement, il me faut mener une vie régulière, calme... J'ai une maladie de cœur, des palpitations sans arrêt, je suis coléreux et je me mets constamment dans tous mes états... Ainsi, en ce moment, j'ai les lèvres qui tremblent et la paupière droite qui saute... »

Voilà ce que Lomov dit de lui-même dans le monologue qui précède cette scène. Tenez-en compte pour jouer le personnage.

Le personnage de Nathalia Stépanovna

Nathalia Stépanovna aimerait bien que Lomov se déclare. Elle apprendra plus tard ses intentions et le fera rappeler. Au début de cette scène, elle reçoit donc Lomov avec beaucoup de gentillesse et se montre très prévenante.

La dispute

La querelle s'amplifie progressivement. Le ton doit s'enflammer peu à peu jusqu'à l'incompréhension totale des deux personnages.

Écrire

Écrire des didascalies

16 Écrivez des didascalies initiales pour décrire le décor dans lequel évoluent les deux personnages.
Puis ajoutez quelques didascalies tout au long de la scène pour indiquer très précisément le ton et les gestes des personnages.

Écrire une suite

17 Continuez la scène (quelques répliques) en imaginant que Lomov fasse sa demande en mariage.

Écrire un dialogue : une scène de dispute

18 Vous allez faire des courses avec un(e) camarade. Tout se déroule à merveille jusqu'au moment où vous tombez tou(te)s deux en admiration devant le même objet (vêtement ou autre). Malheureusement, il n'en existe qu'un seul exemplaire et vous commencez à vous disputer. Écrivez la querelle sous la forme d'un dialogue théâtral.

Texte 5

Les Boulingrin

Georges Courteline

Georges Courteline (1858-1929), d'abord conteur et romancier, ne commence à écrire pour le théâtre qu'en 1891. Il met en scène toutes sortes de milieux sociaux, des fonctionnaires, des avocats, des petits bourgeois… dont il prend plaisir à se moquer dans des pièces amusantes, aux répliques vives. Courteline y peint l'insouciance de la Belle Époque (1890-1914) mais aussi son égoïsme.

Dans Les Boulingrin *(1898), des Rillettes, un pique-assiette, a décidé de profiter de Monsieur et Madame Boulingrin, un couple dont il vient de faire la connaissance.*

Scène 1

DES RILLETTES, FÉLICIE.

DES RILLETTES, *que vient d'introduire Félicie.* – Ces Boulingrin que j'ai rencontrés l'autre jour à la table des Duclou et qui m'ont invité à venir de temps en temps prendre une tasse de thé chez eux, me paraissent de charmantes gens et je crois que je goûterai en leur compagnie infiniment de satisfaction.

FÉLICIE. – Si monsieur veut bien prendre la peine de s'asseoir ?… Je vais aller avertir mes maîtres.

DES RILLETTES. – Je vous remercie. – Ah !

FÉLICIE. – Monsieur ?

DES RILLETTES. – Comment vous appelez-vous, ma belle ?

FÉLICIE. – Je m'appelle Félicie, et vous ?... Oh ! ce n'est pas par indiscrétion, c'est pour savoir qui je dois annoncer.

DES RILLETTES. – Trop juste. Des Rillettes.

FÉLICIE, *égayée*. – Des Rillettes ?

DES RILLETTES. – Des Rillettes.

FÉLICIE. – Ma foi, j'ai connu pire que ça. Ainsi tenez, dans mon pays, à Saint-Casimir près Amboise, nous avions un voisin qui s'appelait Piédevache.

DES RILLETTES. – Oui ? Eh bien, allez donc informer de ma visite Mme et M. Boulingrin.

FÉLICIE. – J'y vais.
(Fausse sortie.)

DES RILLETTES. – Au fait, non. Un moment. Approchez un peu, que je vous parle. *(Lui prenant le menton.)* Vous n'êtes pas qu'une jolie fille, vous.

FÉLICIE, *modeste*. – Peuh...

DES RILLETTES. – Vous êtes aussi une fine mouche.

FÉLICIE. – Peuh...

DES RILLETTES. – De mon côté, j'ose prétendre que je ne suis pas un imbécile.

FÉLICIE. – Peuh... Pardon, je pensais à autre chose.

DES RILLETTES. – Je crois que nous pourrons nous entendre. Il y a longtemps que vous servez ici ?

FÉLICIE. – Bientôt deux ans.

DES RILLETTES. – À merveille ! Vous êtes la femme qu'il me faut.

FÉLICIE. – Vous voulez m'épouser ?

DES RILLETTES. – Ne faites pas la bête, ce n'est pas de cela qu'il s'agit.

FÉLICIE. – On peut se tromper. Excusez.

DES RILLETTES. – Félicie, écoutez-moi bien, et surtout répondez franchement. Si vous mentez, mon petit doigt me le dira. En revanche, si vous êtes sincère, je vous donnerai quarante sous.

FÉLICIE. – C'est trop.

DES RILLETTES. – Cela ne fait rien, je vous les donnerai tout de même.

FÉLICIE. – En ce cas, allez-y. Questionnez.

DES RILLETTES. – Entre nous, Mme et M. Boulingrin sont de fort aimables personnes ?

FÉLICIE. – Je vous crois.

DES RILLETTES. – Je l'aurais parié ! Gens simples, n'est-ce pas ?

FÉLICIE. – Tout ce qu'il y a de plus.

DES RILLETTES. – Un peu popote[1] ?

FÉLICIE. – Un peu beaucoup.

DES RILLETTES. – Très bien ! Ménage très uni, au surplus ?

FÉLICIE. – Uni ? Uni ? Mais c'est au point que j'en suis quelquefois gênée ! Jamais une discussion, toujours du même avis ! Deux tourtereaux, monsieur ! deux ramiers !

DES RILLETTES. – Allons, je constate que mon flair aura fait des siennes une fois de plus. Je vais être ici comme dans un bain de sirop de sucre. Voilà vos deux francs, mon petit chat.

FÉLICIE. – Ça ne vous gêne pas ?

1. Préoccupés par les soins du ménage (terme familier).

DES RILLETTES. – Non.

FÉLICIE. – Alors… merci, monsieur.

DES RILLETTES, *très grand seigneur*. – Laissez donc !… Jamais je n'ai moins regretté mon argent. Salut ! demeure calme et tranquille, asile de paix où je me propose de venir trois fois par semaine passer la soirée cet hiver, les pieds chauffés à des brasiers qui ne me coûteront que la fatigue de leur présenter mes semelles, et abreuvé de tasses de thé qui ne me coûteront que la peine de les boire. Oh ! agréable perspective ! rêve longtemps caressé ! vision cent fois douce à l'âme du pauvre pique-assiette qui, sentant la vieillesse prochaine et pensant avec Racan[2] que l'instant est venu de faire la retraite, ne demande pas mieux que de la faire, à l'œil, sous le toit hospitalier d'autrui.
(Cependant, depuis un instant, Félicie agacée mime le coup de rasoir, la joue caressée du revers de la main et le bout du nez pincé entre l'index et le pouce.)

DES RILLETTES, *se tournant vers elle qui interrompt brusquement sa mimique*[3]. – C'est que, voyez-vous, mon enfant, plus on avance dans la vie, plus on en voit l'inanité[4]. Qu'est la volupté[5] ? Un vain mot ! Qu'est le plaisir ? Une apparence ! Vous me direz que pour un vieux célibataire, la vie de café a bien ses charmes. C'est vrai, mais que d'inconvénients ! À la longue, ça devient monotone, onéreux[6], et puis il arrive un âge où…

FÉLICIE. – Oh !

2. Poète français (1589-1670), auteur de poèmes élégiaques et d'une pastorale, *Les Bergeries*.
3. Jeu de physionomie.
4. Inutilité, vide.
5. Plaisir.
6. Cher, coûteux.

DES RILLETTES. – Qu'est-ce qu'il y a ?

FÉLICIE. – J'ai oublié de refermer le robinet de la fontaine.

DES RILLETTES. – Petite bête ! Ça doit être du propre.

FÉLICIE. – Je me sauve. Je vous annoncerai en même temps. *(Elle sort.)*

Scène 2

DES RILLETTES, *seul.*

Pas de cervelle, mais de l'esprit. Cette enfant ne me déplaît pas. L'appartement non plus, d'ailleurs. Ameublement bourgeois mais confortable, bourrelets aux fenêtres et sous les portes... La cheminée *(il s'accroupit devant l'âtre)* ronfle comme un sonneur et tire comme un maître d'armes. *(Se laissant tomber dans un fauteuil.)* Non, mais voyez donc ce ressort !... Des Rillettes, mon petit lapin, tu me parais avoir trouvé tes invalides, et tu seras ici, je te le répète, ni plus ni moins que dans un bain de sirop de sucre. Je te fais bien mes compliments. Du bruit ! Ce sont probablement M. et Mme Boulingrin.

Scène 3

DES RILLETTES, LES BOULINGRIN.

DES RILLETTES. – Madame et monsieur Boulingrin, je suis bien votre serviteur.

BOULINGRIN. – Eh ! bonjour, monsieur des Rillettes.

MADAME BOULINGRIN. – C'est fort aimable à vous d'être venu nous voir.

BOULINGRIN. – Vous tombez à propos[7].

DES RILLETTES. – Bah !

MADAME BOULINGRIN. – Comme marée en carême[8].

DES RILLETTES. – J'en suis bien aise.

MADAME BOULINGRIN. – Dites-moi, monsieur des Rillettes…

DES RILLETTES. – Madame ?…

BOULINGRIN, *le tirant par le bras gauche*. – Pardon ! moi d'abord.

MADAME BOULINGRIN, *le tirant par le bras droit*. – Non. Moi !

BOULINGRIN. – Non !

MADAME BOULINGRIN. – N'écoutez pas, monsieur des Rillettes. Mon mari ne dit que des bêtises.

BOULINGRIN. – Que des bêtises !…

MADAME BOULINGRIN. – Oui, que des bêtises.

BOULINGRIN. – Tu vas voir un peu, tout à l'heure, si je ne vais pas aller t'apprendre la politesse avec une bonne paire de claques. Espèce de grue[9] !

MADAME BOULINGRIN. – Voyou !

BOULINGRIN. – Comment as-tu dit cela ?

MADAME BOULINGRIN. – J'ai dit : « Voyou. »

BOULINGRIN. – Tonnerre !… Et puis tu embêtes monsieur. Veux-tu bien le lâcher tout de suite !

MADAME BOULINGRIN. – Lâche-le toi-même.

BOULINGRIN. – Non. Toi !

7. Vous tombez bien.
8. Expression qui signifie : inévitablement.
9. Femme de mœurs légères (terme familier).

MADAME BOULINGRIN. – Non !

DES RILLETTES, *écartelé*[10]. – Oh !

MADAME BOULINGRIN. – Tu entends. Tu le fais crier.

DES RILLETTES. – Excusez-moi, madame et monsieur Boulingrin, mais je vois que vous êtes en affaires et je craindrais d'être importun[11].

BOULINGRIN. – Nullement.

MADAME BOULINGRIN. – Point du tout.

BOULINGRIN. – Au contraire.

DES RILLETTES. – Cependant…

BOULINGRIN. – Au contraire, vous dis-je. *(Lui avançant une chaise.)* Tenez !

MADAME BOULINGRIN, *même jeu*. – C'est cela. Prenez un siège.

DES RILLETTES. – Merci.

BOULINGRIN. – Non. Pas celui-ci ; celui-là !

DES RILLETTES. – Mille grâces.

MADAME BOULINGRIN. – Non. Pas celui-là ; celui-ci.

BOULINGRIN. – Non.

MADAME BOULINGRIN. – Si.

BOULINGRIN. – Non.

MADAME BOULINGRIN. – Si.

BOULINGRIN. – Est-ce que ça va durer longtemps ? Vas-tu ficher la paix à M. des Rillettes ?

10. Tiré entre les deux personnages.
11. De gêner, de causer du désagrément.

DES RILLETTES. – En vérité, je suis désolé.

MADAME BOULINGRIN. – Pourquoi donc ?

BOULINGRIN. – Il n'y a pas de quoi.

MADAME BOULINGRIN *et* BOULINGRIN, *ensemble*. – Asseyez-vous.

MADAME BOULINGRIN, *qui a réussi à amener une chaise sous les fesses de des Rillettes*. – Là !

BOULINGRIN, *qui se précipite*. – Pas sur celle-là, je vous dis ! *(Il enlève, d'un tour de main, la chaise avancée par sa femme, en sorte que des Rillettes, qui allait justement s'y asseoir, tombe, le derrière sur le plancher.)*

MADAME BOULINGRIN, *triomphante*. – Tu vois ! *(Pendant tout le couplet qui suit, madame Boulingrin, calme et exaspérante, s'obstine à répéter :)* Imbécile ! Imbécile !
(Tandis que :)

BOULINGRIN, *légitimement indigné*. – Eh ! c'est de ta faute, aussi ! Pourquoi as-tu voulu le forcer à s'asseoir sur une chaise qui le répugnait ? Tu serais bien avancée, n'est-ce pas, s'il s'était cassé la figure ?... Imbécile ?... Imbécile toi-même ! Quel monstre de femme, mon Dieu ! Pourquoi faut-il que j'aie trouvé ça sur mon chemin ? *(À des Rillettes.)* Vous ne vous êtes pas blessé, j'espère ?

DES RILLETTES, *qui se frotte mélancoliquement le fond de culotte*. – Oh ! si peu ce n'est pas la peine d'en parler.

BOULINGRIN. – Vous m'en voyez ravi. Approchez-vous du feu.

DES RILLETTES, *à part*. – Je suis fâché d'être venu.

MADAME BOULINGRIN, *empressée*[12]. – Prenez ce coussin sous vos pieds.

12. Attentionnée, qui cherche à plaire.

DES RILLETTES. – Merci beaucoup.

BOULINGRIN, *que la civilité de sa femme commence à agacer, et qui fourre un second coussin sous le premier.* – Prenez également celui-ci.

DES RILLETTES. – Bien obligé.

MADAME BOULINGRIN, *qui ne saurait, sans déchoir*[13]*, accepter de son mari une leçon de courtoisie*[14]. – Et celui-là. *(Elle glisse un troisième coussin sous les deux autres.)*

DES RILLETTES. – En vérité…

BOULINGRIN, *armé d'un quatrième coussin.* – Cet autre encore.

DES RILLETTES. – Non.

MADAME BOULINGRIN. – Ce petit tabouret.

DES RILLETTES, *les genoux à la hauteur de l'œil.* – De grâce.

BOULINGRIN. – Eh ! laisse-nous tranquilles avec ton tabouret ! *(Exaspéré, il envoie un coup de pied dans la pile de coussins échafaudée sous les semelles de des Rillettes. Les coussins s'écroulent, entraînant naturellement, dans leur chute, la chaise de des Rillettes, et des Rillettes avec.)* Tu assommes M. des Rillettes.

DES RILLETTES, *les quatre fers en l'air.* – Quelle idée !

MADAME BOULINGRIN. – C'est toi qui le rases.

BOULINGRIN, *avec autorité.* – Allons, tais-toi !

MADAME BOULINGRIN. – Je me tairai si je veux.

BOULINGRIN. – Si tu veux ?

13. Tomber dans un état inférieur, s'abaisser.
14. Politesse.

MADAME BOULINGRIN. – Oui, si je veux.

BOULINGRIN. – ...de Dieu !

MADAME BOULINGRIN. – Et je ne veux pas, précisément.

BOULINGRIN. – C'est trop fort !... Coquine !...

MADAME BOULINGRIN. – Cocu !

BOULINGRIN. – Gaupe[15] !

MADAME BOULINGRIN. – Gouape[16] !

BOULINGRIN. – Quelle existence ! [...]

La dispute s'envenime devant des Rillettes, complètement abasourdi.

MADAME BOULINGRIN. – Il est fou à lier.

BOULINGRIN. – Fou à lier ?... Gueuse[17] ! Scélérate ! Plaie de ma vie ! *(Saisissant des Rillettes par un bouton de sa redingote et le secouant comme un prunier.)* Mais monsieur, jusqu'à mon manger !... où elle fourre de la mort aux rats, histoire de me ficher la colique !
(Le bouton saute.)

MADAME BOULINGRIN. – Quel toupet ! *(Saisissant des Rillettes par un second bouton, qui saute comme le premier.)* C'est lui, au contraire, qui met des bouchons dans le vin, afin de le rendre imbuvable.

BOULINGRIN. – Menteuse !

MADAME BOULINGRIN. – Je mens ? C'est bien simple.
(Elle sort.)

15. Femme de mauvaise vie (terme familier).
16. Voyou (terme populaire).
17. Femme de mauvaise vie.

Scène 4

BOULINGRIN, DES RILLETTES.

BOULINGRIN. – C'est ça ! File, que je ne te revoie plus !... que je n'entende plus parler de toi !

DES RILLETTES, *à part.* – Qu'est-ce que c'est que ces gens-là ?... Qu'est-ce que c'est que ces gens-là ? Fuyons avec célérité[18].

BOULINGRIN, *s'approchant de lui.* – Monsieur des Rillettes ?

DES RILLETTES. – Monsieur ?

BOULINGRIN. – J'ai des excuses à vous faire. Je crains de m'être laissé aller à un fâcheux emportement et de ne pas vous avoir traité avec les égards voulus.

DES RILLETTES, *jouant la surprise.* – Quand cela ? Où ?

BOULINGRIN. – Tout à l'heure. Ici.

DES RILLETTES – Je ne sais ce que vous voulez dire. Vous avez été, au contraire, d'une correction irréprochable, et je suis touché au plus haut point de votre excellent accueil. *(Boulingrin, souriant et confus, lui serre chaleureusement la main.)* Adieu.

BOULINGRIN. – Quoi ! déjà !

DES RILLETTES – Hélas, oui. Je suis appelé au-dehors par une affaire des plus pressantes, et je dois prendre congé de vous.

BOULINGRIN. – Vous plaisantez.

DES RILLETTES – Du tout.

BOULINGRIN. – Allons, vous allez accepter un rafraîchissement.

18. Avec rapidité.

DES RILLETTES – N'en croyez rien.

BOULINGRIN. – Si fait, si fait, nous ne nous quitterons pas sans avoir bu un coup et choqué le verre à notre bonne amitié. *(Geste de des Rillettes.)* N'insistez pas, vous me blesseriez. *(Il sonne.)* Je croirais que vous avez de la rancune contre moi. *(À la bonne qui apparaît.)* Allez me chercher une bouteille de champagne.

FÉLICIE – Bien, m'sieu.
(Elle sort.)

DES RILLETTES, *consentant à capituler.* – Enfin !…

BOULINGRIN, *ravi.* – Ah !

DES RILLETTES – J'accepte votre invitation pour ne pas vous désobliger, mais j'entends ne plus être mêlé à vos dissensions intestines[19]. Elles sont sans intérêt pour moi et me mettent dans des positions fausses, – sans parler des boutons de mon habit qui y restent, et de mes fesses, qui s'en ressentent.

BOULINGRIN. – Marché conclu.

DES RILLETTES, *la main tendue.* – Tope ?

BOULINGRIN, *tapant.* – Tope !

DES RILLETTES – En ce cas, asseyons-nous.
(Ils prennent chacun une chaise, s'installant l'un près de l'autre, et, souriants, se contemplent un instant en silence. À la fin :)

BOULINGRIN, *avec enjouement.* – J'ai idée, monsieur des Rillettes, que nous allons faire, à nous deux, une solide paire d'amis.

DES RILLETTES – C'est aussi mon avis.

19. Querelles familiales.

BOULINGRIN. – Vous m'êtes fort sympathique. *(Geste discret de des Rillettes.)* Je vous le dis comme je le pense. Sans doute, j'apprécie vivement l'agrément de votre causerie, pleine d'aperçus ingénieux, fertile en piquantes anecdotes et en mots à l'emporte-pièce, mais une chose surtout me plaît en vous : le parfum de franchise, de droiture, qui émane de votre personne. Gageons que la sincérité est votre vertu dominante ?

DES RILLETTES, *modeste, mais juste.* – Forcé d'en convenir.

BOULINGRIN. – À merveille ! Nous allons l'établir sur l'heure. Donnez-moi votre parole d'honneur de répondre sans ambages[20], sans détours et sans faux-fuyants[21], à la question que je vais vous poser.

DES RILLETTES. – Je vous la donne.

BOULINGRIN. – Bien. Dites-moi. Tout de bon, là, le cœur sur la main, croyez-vous que depuis la naissance du monde on vit jamais rien de comparable, comme ignominie, comme horreur, comme infamie, comme abjection[22], à la figure de ma femme ?

DES RILLETTES, *se levant.* – Ça recommence !

BOULINGRIN, *le forçant à se rasseoir.* – Ah ! vous en convenez !

DES RILLETTES. – Permettez.

BOULINGRIN. – Et encore, si ce n'était que sa figure ! Mais il y a pis que cela, monsieur, il y a sa mauvaise foi sans nom, sa bassesse d'âme sans exemple. Tenez, un détail dans le tas. Nous faisons lit commun, n'est-ce pas !

DES RILLETTES, *impatienté.* – Eh ! que diable !...

20. D'une manière directe.
21. Moyens détournés pour ne pas répondre.
22. Infamie, abaissement moral.

BOULINGRIN. – Sapristi, laissez-moi donc parler. Vous vous expliquerez tout à l'heure. Donc, nous faisons lit commun. Moi, je couche au bord, elle dans le fond. Ça l'embête. Très bien ; qu'est-ce qu'elle fait ? Elle m'envoie des coups de pied dans les jambes toute la nuit ! Comme ceci.
(Il lance un coup de pied dans le tibia de des Rillettes.)

DES RILLETTES, *hurlant.* – Oh !

BOULINGRIN. – Hein ? Quelle sale bête !... Ou alors, elle me tire les cheveux ! Comme cela.

DES RILLETTES, *rugissant.* – Ah !

BOULINGRIN. – N'est-ce pas, monsieur, que ça fait mal ?... Bien mieux ! Quelquefois, le matin, est-ce qu'elle ne m'envoie pas des gifles à tour de bras, sous prétexte de s'étirer ? Parfaitement ! Tenez, voilà comment elle fait. *(Il bâille bruyamment, et, dans le même temps, jouant la comédie d'une personne qui s'étire les membres au réveil, il envoie une gifle énorme à des Rillettes.)* Vous croyez que c'est agréable ?

DES RILLETTES. – Non ! Non ! Et, en voilà assez ! Et je ne suis pas venu dans le monde pour qu'on m'y fasse subir des mauvais traitements ! Et si, au grand jamais, je remets les pieds chez vous...
(À ce moment :)

MADAME BOULINGRIN, *qui est entrée en coup de vent, un verre de vin à la main.* – Buvez.

Scène 5

DES RILLETTES, LES BOULINGRIN.

DES RILLETTES, *sursautant.* – Qu'est-ce que c'est que ça ?

MADAME BOULINGRIN. – Buvez !

BOULINGRIN. – Comment ! Tu n'es pas encore morte !

MADAME BOULINGRIN. – Zut, toi ! Mais buvez donc, monsieur. Je vous dis que ça sent le bouchon !

BOULINGRIN. – Mauvaise gale ! Tu ne l'emporteras pas en paradis ! *(Il sort.)*

Scène 7

DES RILLETTES, LES BOULINGRIN.

Madame Boulingrin demande à des Rillettes de l'enlever. Puis Boulingrin arrive, une assiette de soupe à la main.

[...]
(De sa main lancée avec violence, il envoie à madame Boulingrin le contenu de son assiette.)

DES RILLETTES, *qui a tout reçu.* – Oh !

BOULINGRIN, *s'excusant.* – Pardon ! simple inadvertance[23].

MADAME BOULINGRIN, *folle de rage.* – Goujat[24] ! Ignoble personnage ! Tiens !

DES RILLETTES, *ruisselant d'eau rougie.* – Ah !

MADAME BOULINGRIN. – Excusez. C'est bien sans l'avoir fait exprès. Là-dessus, nous allons en finir. C'est toi qui l'auras voulu. *(Elle tire de sa poche un revolver.)*

BOULINGRIN, *terrifié.* – À moi ! Au secours ! *(Il se réfugie derrière des Rillettes.)*

MADAME BOULINGRIN – Tu vas mourir !

23. Inattention.
24. Homme mal élevé.

DES RILLETTES, *à Boulingrin qui s'est fait de lui un paravent.* – Ah non, eh !... Lâchez-moi ! Pas de blagues !

BOULINGRIN, *au comble de l'effroi.* – Ne bougez pas, bon sang de bonsoir !

MADAME BOULINGRIN, *ajustant.* – Ôtez-vous, monsieur des Rillettes !

BOULINGRIN. – Non ! Non !

MADAME BOULINGRIN. – Ôtez-vous de là. Je tire !

BOULINGRIN. – Restez ! Je suis un homme perdu. Je la connais, elle est capable de tout ! Protégez-moi, monsieur des Rillettes ! C'est à ma vie qu'elle en a !... Ah ! la misérable ! la gueuse ! Au secours ! Au secours !

MADAME BOULINGRIN. – Ah ! c'est comme ça ? Vous ne voulez pas vous retirer ? Eh bien ! tant pis pour vous si vous y laissez votre peau ! Il faut que ça finisse ! Il faut que ça finisse ! La mesure est comble ! Gare l'obus !

Jacqueline Jefford, Jean Meyer et Jean Richard dans *Les Boulingrin*, mise en scène de Jean Meyer, 1972.

Des Rillettes. – Monsieur Boulingrin, par pitié !… Madame Boulingrin, je vous en prie !… je ne veux pas mourir encore !… Quelle sale inspiration j'ai eue de venir passer la soirée !… *(Tumulte. Les trois personnages hurlent à l'unisson.)*

Boulingrin, *brusquement.* – Oh ! Quelle idée !… *(Il souffle la lampe.)* Vise-moi donc, maintenant !…
(Nuit complète sur la scène, de même que dans la salle, et, du sein de ces ténèbres profondes, surgissent, en hurlements, les phrases suivantes :)

La voix de Boulingrin. – Ah ! Tu voulais m'assassiner ?… Pif ! *(Bruit d'une gifle.)*

La voix de des Rillettes. – Oh !

La voix de Madame Boulingrin. – À mon tour… Paf !

La voix de des Rillettes. – Ah !
(Tumulte nocturne. On entend : « Canaille ! Crapule ! Poison ! Escroc ! » et le bruit de quatre nouvelles gifles, que l'infortuné des Rillettes reçoit, non sans protestation, les unes après les autres.)

La voix de Madame Boulingrin – Et puis, feu !
(Coup de pistolet.)

La voix de des Rillettes, *éploré.* – Une balle dans le gras !!!

La voix de Boulingrin. – Ah ! tu tires ? Eh bien, je casse la glace !

La voix de Madame Boulingrin. – Ah ! tu casses la glace ? Eh bien ! je casse la pendule !

La voix de Boulingrin. – Ah ! tu casses la pendule ? Eh bien ! je casse tout.
(Des meubles culbutés s'écroulent.)

La voix de Madame Boulingrin. – Ah ! tu casses tout ? Eh bien je mets le feu ! *(Galopades, hurlements.)*

La voix de des Rillettes. – Faites donc attention, nom de Dieu ! Vous me marchez sur la figure !

La voix de Boulingrin. – Chamelle !

La voix de Madame Boulingrin. – Enfant de coquine !

La voix de Boulingrin. – Fille de voleur !

La voix de Madame Boulingrin. – Gredin ! *(Des Rillettes soupire douloureusement et geint*[25]*. Soudain, par les portes ouvertes, du fond et des côtés, c'est la lueur rouge de l'incendie. La scène s'éclaire d'une teinte de sang.)*

Des Rillettes, *affolé*. – L'incendie ! ! ! Au feu ! Au feu ! *(Il se précipite vers le fond ; mais, juste comme il va sortir, survient Félicie, un seau d'eau à la main, accourue pour porter secours.)*

Félicie. – Le feu ?… Voilà ! *(Elle lance le contenu de son seau à toute volée.)*

Des Rillettes, *inondé des pieds à la tête*. – Charmante soirée ! *(La scène s'achève dans le vacarme assourdissant d'une maison livrée à des fous, cependant qu'au dehors, la pompe*[26]*, qui se rapproche au grand galop de son attelage, meugle lugubrement deux notes, toujours les mêmes. Puis :)*

Boulingrin, *brusquement apparu sur le seuil de la pièce et qui se détache en noir sur la clarté d'un feu de Bengale*. – Ne vous en allez pas, monsieur des Rillettes. Vous allez boire un verre de champagne.

G. Courteline, *Les Boulingrin*, 1898. GF Flammarion, 1985.

25. Gémit.
26. Pompe montée sur une carriole tirée par des chevaux et destinée à éteindre le feu grâce à un jet puissant.

Questions

Repérer et analyser

La situation d'énonciation (scènes 1 et 2)

1 Dans quel lieu la pièce se déroule-t-elle ?

2 Quelle est la situation de Félicie dans cette maison ? Depuis combien de temps y est-elle ?

3 **a.** Qui est des Rillettes ? Que vient-il faire dans ce lieu ?
b. Où a-t-il rencontré les Boulingrin ? À quelle occasion ?

Le personnage de des Rillettes (scènes 1 et 2)

4 **a.** Quels renseignements des Rillettes demande-t-il à Félicie ?
b. Relevez les expressions que Félicie emploie pour dépeindre les rapports de ses maîtres entre eux et l'atmosphère qui règne dans leur foyer.
c. Les renseignements que lui donne Félicie conviennent-ils à des Rillettes ? Pourquoi ?
d. Quelle conclusion des Rillettes et les spectateurs peuvent-ils tirer de ces informations ?

5 **a.** Quelles informations des Rillettes donne-t-il aux spectateurs concernant son âge et sa situation familiale ?
b. Qu'est-ce qu'un « pique-assiette » ? Des Rillettes correspond-il à cette définition ? Pour quelles raisons ?

L'action (scènes 3 à 7)

6 **a.** De quel type de scène des Rillettes est-il témoin ? S'y attendait-il ? Pourquoi ?
b. Quelle est la réaction des spectateurs ?

7 Montrez, en vous appuyant sur le texte, que la dispute devient de plus en plus violente. Quel est le dénouement de la pièce ?

Les rapports entre les personnages (scènes 3 à 7)

8 **a.** Quel mot provoque la dispute (scène 3) ? Qui a prononcé ce mot ?
b. Comment l'autre personnage réagit-il ?

9 **a.** Relevez les termes par lesquels Monsieur et Madame Boulingrin s'interpellent.
b. Comment pouvez-vous qualifier ces expressions ?
c. Quels reproches le mari et la femme se font-ils mutuellement ?
d. Que peut-on en conclure sur les rapports qu'ils entretiennent ?
10 **a.** Montrez que les Boulingrin cherchent la moindre occasion de s'en prendre à des Rillettes et que toutes les tentatives de ce dernier pour apaiser ses hôtes se retournent contre lui.
b. Combien de fois les Boulingrin agressent-ils physiquement des Rillettes ? De quelle façon ?
11 Comment réagit des Rillettes face à ces agressions ?

Le comique et le rythme

12 Montrez, en vous appuyant sur le texte, que la situation de des Rillettes sombre dans le tragique.
13 Montrez que la pièce demeure avant tout comique. Pour répondre :
a. Dites en quoi le nom même de des Rillettes est amusant.
b. Comparez la situation de des Rillettes au début et à la fin de la pièce. En quoi le personnage est-il comique ?
c. Dites quel traitement lui infligent les Boulingrin (en tenant compte du comique de gestes et du comique de situation).
d. Relevez, à la fin de la pièce, les répliques reprises en écho. Qui les prononce ? En quoi sont-elles comiques ?
14 Comment Courteline réussit-il à donner à la pièce un rythme rapide ? Donnez des exemples précis.

Jouer les scènes

15 Jouez les scènes par groupes de trois élèves.

Les accessoires

Pour jouer ces scènes, il faudra vous munir des accessoires suivants : la pièce que des Rillettes sort de sa poche pour la donner à Félicie, deux sièges, un tabouret, quatre coussins, un verre rempli de sirop de cassis pour figurer le vin, une assiette de soupe (que vous pouvez remplir d'eau), un seau d'eau, un revolver en plastique et une lampe rouge pour figurer l'incendie.

Le jeu des acteurs

Les scènes 1 et 2 doivent être jouées calmement. Des Rillettes pense trouver un lieu agréable dans lequel il pourra s'inviter très souvent (n'oubliez pas qu'il se qualifie lui-même de « pique-assiette »).
Mais dès la scène 3, le rythme s'accélère et des Rillettes ne comprend rien à ce qui se passe. Sa seule envie est de pouvoir s'échapper de cette maison de fous.
Face de lui, deux personnages furieux puis hystériques crient, hurlent, s'insultent et malmènent leur malheureux hôte. Montrez bien la progression de leur dispute, le ton qui s'envenime de plus en plus.
Respectez bien les didascalies, elles donnent de précieuses indications sur la façon de jouer (gestes, expressions, ton, sentiments).
La fin de la pièce se déroule dans le noir. Le spectateur ne voit plus rien, mais entend ce qui se passe. Il faut donc bien articuler les répliques pour que le spectateur comprenne bien la situation. Le bruit des gifles doit bien résonner.

Écrire

Imaginer un autre dénouement

16 Imaginez une autre fin : une fois des Rillettes parti, les Boulingrin se félicitent d'avoir réussi à le faire fuir en simulant une violente querelle. Écrivez quelques répliques qui pourraient terminer la pièce.

Texte 6

Le Dindon

Georges Feydeau

Maître du vaudeville (comédie légère et divertissante), Georges Feydeau (1862-1921) a donné à ses pièces un comique et un rythme étourdissants. Ses personnages évoluent dans un tourbillon de quiproquos et de coups de théâtre. Georges Feydeau amuse, distrait et surprend sans cesse. Des jeux de scène très précis, une série de rebondissements provoquent le rire du spectateur.

L'action du Dindon *se déroule à Paris, chez Vatelin. Marié, il entretient une liaison avec une Anglaise. Aucun risque, pense-t-il, puisque sa femme vit à Paris et sa maîtresse à Londres. Or, voilà que sa maîtresse vient à Paris pour lui faire une surprise.*

Vatelin est un avoué (homme de loi). Au début de cette scène, il est en train d'écrire une lettre dans son bureau. Son domestique vient de lui annoncer l'arrivée d'une dame ; il pense qu'il s'agit d'une cliente…

Acte I, scène 3

VATELIN, MAGGY.

VATELIN, *qui s'est assis à sa table, tout en rangeant des papiers pour se donner un air occupé et sans regarder la personne qui entre.* – Si vous voulez prendre une chaise, madame…

MAGGY, *arrivant derrière lui et lui donnant deux gros baisers sur les yeux. Accent anglais très prononcé.* – Oh ! my love[1] !

1. « Mon amour ! »

VATELIN, *ahuri, se levant.* – Hein ! Qu'est-ce que c'est ? *(Reconnaissant Maggy.)* Madame Soldignac ! Maggy ! Vous !

MAGGY. – Moi-même.

VATELIN. – Vous ! vous ici ! mais c'est de la folie !

MAGGY. – Pourquoi ?

VATELIN. – Eh ! bien, et Londres ?

MAGGY. – Je l'ai quitté.

VATELIN. – Et votre mari ?

MAGGY. – Je amené loui ! Il vené pour affaires à Paris !

VATELIN, *retombant sur la chaise.* – Allons, bon !... Mais qu'est-ce que vous venez faire ?

MAGGY. – Comment ! ce que je vienne faire ! Oh ! ingrate ! oh ! you naughty thing, how can you ask me what I have come to do here. Here is a man for whom I have sacrified everything, my duties as a wife, my conjugal faithfulness[2].

VATELIN, *se levant et voulant l'interrompre.* – Oui... oui... *(Il va écouter à la porte de sa femme.)*

MAGGY, *gagnant la droite.* – I leave London ! I cross the sea ! All this to reach him and when at last I find him, he asks me what have you came here for[3] !

VATELIN, *redescendant.* – Oui !... Mais ce n'est pas ça que je vous demande ! Vous me parlez anglais, je ne comprends pas un mot ! Comment êtes-vous ici ? Pourquoi ? Qu'est-ce que vous voulez ?

2. « Oh ! méchant, comment pouvez-vous me demander ce que je suis venue faire ici. Voici un homme pour qui j'ai tout sacrifié, mes devoirs d'épouse, ma fidélité conjugale. »

3. « Je quitte Londres ! Je traverse la mer. Tout cela pour le rejoindre et lorsque enfin je le retrouve, il me demande pourquoi je suis venue ! »

MAGGY, *derrière la table.* – Qué je veux ? Il demande qué je veux ! Mais je veux… vous !

VATELIN. – Moi !

MAGGY. – Oh ! yes ! parce que je vous haime toujours, moâ ! Ah ! dear me ! pour trouver vous, j'ai quitté London, j'ai traversé le Manche qui me rend bien malade… j'ai eu le mal de mer, j'ai rendu… j'ai rendu… comment disé ?

VATELIN. – Oui ! oui. Ça suffit ! Après ?…

MAGGY. – No, j'ai rendu l'âme, mais ce m'est égal !… Je disai ! Je vais la voir, loui… et je souis là, pour houitt jours. *(Elle s'assied.)*

VATELIN, *tombant sur un siège.* – Huit jours ! Une semaine !… Vous êtes là pour une semaine ?

MAGGY. – Oh ! oui, une semaine tout pour vous… Ah ! disez moâ vous me haimez encore !… Pourquoi vous avez pas répondu mes lettres ?… Je disais déjà : « Oh ! mon Crépine[4] il me haime plus !… » Oh ! si, vous haimez moâ !… ô Crépine ! tell me you love me[5] !

VATELIN, *se levant.* – Mais oui ! mais oui !

MAGGY, *se levant et descendant.* – Quand je souis arrivée cet matin, j'ai tout de suite écrivé à vous… et pouis et pouis… j'ai pas envoyé la lettre… je mé souis disé il répondra peut-être pas à moâ… j'ai jeté mon lettre à la panier… et j'ai pris un hansom[6]… comment vous dis,… un sapin[7] pour venir… Aoh ! comme est difficult… la rue de vous pour trouvei… Je sais

4. Le prénom de Vatelin est Crépin, mais n'oublions pas l'accent anglais de Maggy !
5. « Dites-moi que vous m'aimez. »
6. Un cab, sorte de cabriolet où le cocher est placé à l'arrière.
7. Mot familier désignant un fiacre, voiture à cheval qu'on loue à la course ou à l'heure. Ces voitures étaient construites en bois de sapin, d'où leur surnom populaire.

pas, le cocher comprenait pas le françéi,... il voulait pas mé conduire.

VATELIN, *à part.* – Ah ! brave cocher !

MAGGY. – Je loui diséi : « Cocher, allez roue Thremol. » Il répondéi : connais pas...

VATELIN. – Rue Thremol ! oui, oui... Maintenant, croyez-vous que si vous lui aviez dit, tout simplement, rue la Trémoille...

MAGGY. – Eh ! bien, je dis : « rue Thremol ».

VATELIN. – Parfaitement.

MAGGY. – Ah ! Crépine, Crépine, que je souis heureuse !... Vous venez mé voir ce soir, hé !

Yvonne Gadeau et Bernard Dhéran dans *Le Dindon* à la Comédie Française.

Repérer et analyser

La situation d'énonciation

1 Quels sont les deux personnages en présence ?

2 Où la scène se déroule-t-elle ? Relevez les indices qui le montrent dans la didascalie de la première réplique.

L'action

Un coup de théâtre est un changement subit dans une situation.

3 Que fait Vatelin au début de la scène ? En quoi l'arrivée de la visiteuse constitue-t-elle un coup de théâtre ?

4 **a.** Par quelles expressions successives Vatelin désigne-t-il la visiteuse lorsqu'il la reconnaît ? Quelle progression notez-vous dans ces appellations ?

b. Que signifient-elles quant à ses rapports avec Maggy ?

5 D'où vient Maggy ? Combien de temps va-t-elle rester à Paris ? Que veut-elle ?

Les personnages et leurs relations

6 Quelles sont les situations familiales de Vatelin et de Maggy ?

7 Où se sont-ils connus ?

8 Maggy est anglaise. Comment Georges Feydeau joue-t-il de cette nationalité ?

9 **a.** Comment Vatelin accueille-t-il Maggy ? Quels types de phrases emploie-t-il dans ses répliques ? Sur quel ton lui parle-t-il ? Pourquoi ?

b. Relevez l'aparté de la ligne 57. Que signifie-t-il ?

c. Montrez que les deux personnages éprouvent des sentiments opposés en se découvrant l'un l'autre.

10 **a.** Pourquoi Vatelin est-il aussi mal à l'aise ? Dans quelle situation Maggy le met-elle ?

b. Pourquoi va-t-il écouter à la porte de sa femme (ligne 22) ? Que craint-il par-dessus tout ?

Le comique

11 De quoi le spectateur rit-il dans cette scène ? Pour répondre, étudiez notamment :
- le comique de situation (situation dans laquelle se trouve Vatelin, opposition entre l'état d'esprit de Vatelin et celui de Maggy) ;
- le comique de mots.

Les attentes du spectateur

12 À quelle suite immédiate le spectateur peut-il s'attendre ?

Jouer la scène

13 Jouez cette scène à deux, en suivant bien les indications de jeu très précises données par Feydeau.

Un jeu d'opposition
Au début, Vatelin, assis à son bureau, prend un air affairé, tandis que Maggy s'avance à pas de loup pour le surprendre.
Deux situations contradictoires sont alors en présence :
- celle de Maggy, déterminée, heureuse de retrouver Vatelin ;
- celle de Vatelin, surpris puis affolé car il ne veut pas que sa femme apprenne sa liaison. Il n'a alors qu'une hâte : que Maggy s'en aille.
Jouez sur cette opposition qui doit donner du rythme à la scène.

L'accent de Maggy
Feydeau indique l'accent de Maggy dans sa façon d'orthographier certains mots. N'oubliez pas de le faire ressortir lors de votre interprétation, sans trop le marquer néanmoins pour que le texte demeure compréhensible.

Écrire

Écrire un dialogue : et si Maggy était allemande…
14 Si vous connaissez ou apprenez une autre langue que l'anglais, récrivez la scène en modifiant les répliques, Maggy étant alors allemande, espagnole ou encore… À vous de choisir.

Texte 7

On purge Bébé

Georges Feydeau

Monsieur Follavoine est fabricant de porcelaine et espère conclure le jour même un contrat avec le ministère des Armées, concernant des pots de chambre incassables.

En attendant la venue du fonctionnaire chargé de discuter des termes du contrat, Monsieur Follavoine cherche les « Îles Hébrides » dans le dictionnaire car son fils Toto lui a demandé où ces îles étaient situées. Or il ne le sait pas…

Scène 1

FOLLAVOINE, *puis* ROSE.

Au lever du rideau, Follavoine, penché sur sa table de travail, la jambe repliée sur son fauteuil de bureau, la croupe[1] *sur le bras du fauteuil, compulse son dictionnaire.*

FOLLAVOINE, *son dictionnaire ouvert devant lui sur la table.* –Voyons : « Îles Hébrides ?… Îles Hébrides ?… Îles Hébrides ?… » *(On frappe à la porte. – Sans relever la tête et avec humeur.)* Zut ! entrez ! *(À Rose qui paraît.)* Quoi ? Qu'est-ce que vous voulez ?

ROSE, *arrivant du pan coupé de gauche.* – C'est madame qui demande monsieur.

FOLLAVOINE, *se replongeant dans son dictionnaire et avec brusquerie.* – Eh ! bien, qu'elle vienne !… Si elle a à me parler, elle sait où je suis.

1. Les fesses.

ROSE, *qui est descendue jusqu'au milieu de la scène.* – Madame est occupée dans son cabinet de toilette ; elle ne peut pas se déranger.

FOLLAVOINE. – Vraiment ? Eh bien, moi non plus ! Je regrette ; je travaille.

ROSE, *avec indifférence.* – Bien, monsieur.
(Elle fait mine de remonter.)

FOLLAVOINE, *relevant la tête, sans lâcher son dictionnaire. Sur le même ton brusque.* – D'abord, quoi ? Qu'est-ce qu'elle me veut ?

ROSE, *qui s'est arrêtée, à l'interpellation de Follavoine.* – Je ne sais pas, monsieur.

FOLLAVOINE. – Eh ! bien, allez lui demander !

ROSE. – Oui, monsieur.
(Elle remonte)

FOLLAVOINE. – C'est vrai ça !... *(Rappelant Rose au moment où elle va sortir.)* Au fait, dites donc, vous... !

ROSE, *descendant.* – Monsieur ?

FOLLAVOINE. – Par hasard, les... les Hébrides... ?

ROSE, *qui ne comprend pas.* – Comment ?

FOLLAVOINE. – Les Hébrides ?... Vous ne savez pas où c'est ?

ROSE, *ahurie.* – Les Hébrides ?

FOLLAVOINE. – Oui ?

ROSE. – Ah ! non !... non !... *(Comme pour se justifier.)* C'est pas moi qui range ici !... c'est madame.

FOLLAVOINE, *se redressant en refermant son dictionnaire sur son index de façon à ne pas perdre la page.* – Quoi ! quoi, « qui range » ! les Hébrides !… des îles ! bougre d'ignare[2] !… de la terre entourée d'eau… vous ne savez pas ce que c'est ?

ROSE, *ouvrant de grands yeux*. – De la terre entourée d'eau ?

FOLLAVOINE. – Oui ! de la terre entourée d'eau, comment ça s'appelle ?

ROSE. – De la boue ?

FOLLAVOINE, *haussant les épaules*. – Mais non, pas de la boue ! C'est de la boue quand il n'y a pas beaucoup de terre et pas beaucoup d'eau ; mais, quand il y a beaucoup de terre et beaucoup d'eau, ça s'appelle des îles !

ROSE, *abrutie*. – Ah ?

FOLLAVOINE. – Eh ! bien, les Hébrides, c'est ça ! c'est des îles ! par conséquent, c'est pas dans l'appartement.

ROSE, *voulant avoir compris*. – Ah ! oui !… c'est dehors !

FOLLAVOINE, *haussant les épaules*. – Naturellement ! c'est dehors.

ROSE. – Ah ! ben, non ! je ne les ai pas vues.

FOLLAVOINE, *quittant son bureau et poussant familièrement Rose vers la porte pan coupé*. – Oui, bon, merci ! ça va bien !

ROSE, *comme pour se justifier*. – Y a pas longtemps que je suis à Paris, n'est-ce pas ?…

FOLLAVOINE. – Oui !… oui, oui !

ROSE. – Et je sors si peu !

FOLLAVOINE. – Oui ! ça va bien ! allez !… Allez retrouver madame.

ROSE. – Oui, monsieur !
(Elle sort.)

2. Ignorante.

FOLLAVOINE. – Elle ne sait rien cette fille ! rien ! qu'est-ce qu'on lui a appris à l'école ? *(Redescendant jusque devant la table contre laquelle il s'adosse.)* « C'est pas elle qui a rangé les Hébrides » ! Je te crois, parbleu ! *(Se replongeant dans son dictionnaire.)* « Z'Hébrides… Z'Hébrides… » *(Au public.)* C'est extraordinaire ! je trouve zèbre, zébré, zébrure, zébu ! Mais de Zhébrides, pas plus que dans mon œil ! Si ça y était, ce serait entre zébré et zébrure. On ne trouve rien dans ce dictionnaire ! *(Par acquit de conscience, il reparcourt des yeux la colonne qu'il vient de lire.)*

Bernard Ménez dans *On purge Bébé*, mise en scène de Jean-Christophe Averty au théâtre des Bouffes du Nord, Paris, 1991.

Scène 2

FOLLAVOINE, JULIE.

JULIE, *surgissant en trombe par la porte, pan coupé. Tenue de souillon*[3] *: peignoir-éponge dont la cordelière non attachée traîne par-derrière ; petit jupon de soie sur la chemise de nuit qui dépasse par en bas : bigoudis dans les cheveux ; bas tombant*

3. Personne malpropre.

sur les savates. Elle tient un seau de toilette plein d'eau à la main. – Alors, quoi ? tu ne peux pas te déranger ? non ?

FOLLAVOINE, *sursautant.* – Ah ! je t'en prie, n'entre donc pas toujours comme une bombe !… Ah !…

JULIE, *s'excusant ironiquement.* – Oh ! pardon ! *(La bouche pincée et sur un ton sucré.)* Tu ne peux pas te déranger ? non ?

FOLLAVOINE, *avec humeur.* – Eh bien ! et toi ? pourquoi faut-il que ce soit moi qui me dérange plutôt que toi ?

JULIE, *avec un sourire pointu.* – C'est juste ! c'est juste ! nous sommes mariés, alors !…

FOLLAVOINE. – Quoi ? Quoi ? Quel rapport ?…

JULIE, *de même.* – Ah ! je serais seulement la femme d'un autre, il est probable que !…

FOLLAVOINE. – Ah ! laisse-moi donc tranquille ! je suis occupé, v'là tout !

JULIE, *posant le seau qu'elle tient à la main au milieu de la scène, et gagnant la gauche.* – Occupé ! monsieur est occupé ! c'est admirable !

FOLLAVOINE. – Oui, occupé ! *(Apercevant le seau laissé par Julie.)* Ah !

JULIE, *se retournant à l'exclamation de Follavoine.* – Quoi ?

FOLLAVOINE. – Ah ça ! tu es folle ? tu m'apportes ton seau de toilette ici, à présent ?

JULIE. – Quoi, « mon seau » ? où ça, « mon seau » ?

FOLLAVOINE, *l'indiquant.* – Ça !

JULIE. – Ah ! là ! c'est rien ! *(Le plus naturellement du monde.)* C'est mes eaux sales.

FOLLAVOINE. – Qu'est-ce que tu veux que j'en fasse ?

JULIE. – Mais c'est pas pour toi ! C'est pour les vider.

FOLLAVOINE. – Ici ?

JULIE. – Mais non, pas ici ! Que c'est bête ce que tu dis là ! Je n'ai pas l'habitude de vider mes eaux dans ton cabinet de travail ; j'ai du tact.

FOLLAVOINE. – Alors, pourquoi me les apportes-tu ?

JULIE. – Mais pour rien ! Parce que j'avais le seau en main pour aller le vider quand Rose est venue me rapporter ta charmante réponse : alors, pour ne pas te faire attendre…

FOLLAVOINE. – Tu ne pouvais pas le laisser à la porte ?

JULIE. – Ah ! et puis tu m'embêtes ! Si ça te gêne tant, tu n'avais qu'à te déranger quand je te demandais de venir ; mais monsieur était occupé ! à quoi ? je te le demande.
(Elle a arpenté[4] jusqu'au fond.)

FOLLAVOINE, *sur un ton bougon[5]*. – À des choses, probable !

JULIE. – Quelles ?

FOLLAVOINE, *de même*. – Eh ! bien ! des choses… Je cherchais « Îles Hébrides » dans le dictionnaire.

JULIE. – Îles Hébrides ! T'es pas fou ? Tu as l'intention d'y aller ?

FOLLAVOINE, *de même*. – Non, j'ai pas l'intention !

JULIE, *d'un ton dédaigneux, tout en s'asseyant sur le canapé*. – Alors, qu'est-ce que ça te fait ? En quoi ça peut-il intéresser un fabricant de porcelaine de savoir où sont les Hébrides ?

FOLLAVOINE, *toujours sur le ton grognon*. – Si tu crois que ça m'intéresse ! Ah ! bien !… je te jure que si c'était pour moi !…

4. Marché.
5. Grognon.

Mais c'est pour Bébé. Il vous a de ces questions ! Les enfants s'imaginent, ma parole ! que les parents savent tout !... *(Imitant son fils.)* « Papa, où c'est les Hébrides. *(Reprenant sur un ton bougon, pour s'imiter lui-même.)* Quoi ? *(Voix de son fils.)* Où c'est les Hébrides, papa ? » Oh ! j'avais bien entendu ! j'avais fait répéter à tout hasard... *(Maugréant[6].)* « Où c'est, les Hébrides » ! est-ce que je sais, moi ! Tu sais où c'est, toi ?

JULIE. – Bien oui, c'est... J'ai vu ça quelque part, sur la carte ; je ne me rappelle pas où.

FOLLAVOINE, *remontant pour aller s'asseoir à sa table sur laquelle il pose son dictionnaire ouvert à la page qu'il compulsait.* – Ah ! comme ça, moi aussi ! Mais je ne pouvais pas lui répondre ça, à cet enfant ! Qu'est-ce qu'il aurait pensé ! J'ai essayé de m'en tirer par la tangente[7] : « Chut ! allez ! ça ne te regarde pas ! Les Hébrides, c'est pas pour les enfants ! »

JULIE. – En voilà une idée ! C'est idiot.

FOLLAVOINE – Oui ! Ah ! c'était pas heureux ; c'était précisément dans les questions géographie que lui avait laissées Mademoiselle.

JULIE, *haussant les épaules.* – Dame, évidemment ! C'était à prévoir.

FOLLAVOINE. – Eh ! aussi est-ce qu'on devrait encore apprendre la géographie aux enfants à notre époque !... avec les chemins de fer et les bateaux, qui vous mènent tout droit !... et les indicateurs[8] où l'on trouve tout !

JULIE. – Quoi ? Quoi ? Quel rapport ?

FOLLAVOINE. – Mais absolument ! Est-ce que, quand tu as besoin d'une ville, tu vas la chercher dans la géographie ? Non, tu cherches dans l'indicateur ! Eh ! ben, alors !...

6. Manifestant de la mauvaise humeur.
7. En utilisant un prétexte, une excuse.
8. Livres qui servent de guides.

Bernard Ménez et Céline Samie dans *On purge Bébé,* 1991.

JULIE. – Mais alors, ce petit ?… *(Se levant et ramassant son seau au passage.)* Tu ne l'as pas aidé ? tu l'as laissé dans le pétrin ?

FOLLAVOINE. – Bédame ! Comment veux-tu ? C'est-à-dire que j'ai pris un air profond, renseigné ; celui du monsieur qui pourrait répondre mais qui ne veut pas parler et je lui ai dit : « Mon enfant, si c'est moi qui te montre, tu n'as pas le mérite de l'effort ; essaye de trouver, et si tu n'y arrives pas, alors je t'indiquerai ».

JULIE, *près de Follavoine, à gauche de la table.* – Oui, va-z'y voir !

FOLLAVOINE. – Je suis sorti de sa chambre avec un air détaché ; et aussitôt la porte refermée, je me suis précipité sur ce dictionnaire, persuadé que j'allais trouver ! Ah ! bien, oui, je t'en fiche ! Nibe[9].

JULIE, *qui ne comprend pas.* – Nibe ?

FOLLAVOINE. – Enfin ! rien !

JULIE, *incrédule.* – Dans le dictionnaire ? *(Elle pose son seau*

9. Rien (argot).

par terre à gauche de la table et, écartant son mari pour examiner le dictionnaire à sa place.) Allons, voyons ! voyons !...

FOLLAVOINE, *descendant par l'extrême droite.* – Oh ! tu peux regarder !... Non ! Vraiment, tu devrais bien dire à mademoiselle de ne pas farcir la cervelle de ce petit avec des choses que les grandes personnes elles-mêmes ignorent... et qu'on ne trouve seulement pas dans le dictionnaire.

JULIE, *qui s'est assise et depuis un instant a les yeux fixés sur la page ouverte du dictionnaire.* – Ah ça ! mais !... mais !...

FOLLAVOINE. – Quoi ?

JULIE. – C'est dans les Z que tu as cherché ça ?

FOLLAVOINE, *un peu interloqué*[10]. – Hein ?... mais... oui...

JULIE, *haussant les épaules avec pitié.* – Dans les Z, les Hébrides ? Ah ! bien, je te crois que tu n'as pas pu trouver.

FOLLAVOINE. – Quoi ? C'est pas dans les Z ? *(Il contourne la table et remonte* (n° 1)[11] *près de Julie.)*

JULIE, *tout en feuilletant rapidement le dictionnaire.* – Il me demande si c'est dans les Z !

FOLLAVOINE. – C'est dans quoi alors ?

JULIE, *s'arrêtant à une page du dictionnaire.* – Ah ! porcelainier, va !... Tiens, tu vas voir comme c'est dans les Z. *(Parcourant la colonne des mots.)* Euh !... « Ébraser, Èbre, Ébrécher... » C'est dans les E, voyons ! « ...Ébriété, ébroïcien, ébro... » *(Interloquée.)* Tiens ! Comment ça se fait ?

FOLLAVOINE. – Quoi ?

JULIE. – Ça n'y est pas !

10. Déconcerté.
11. Feydeau notait précisément, dans ses didascalies, les déplacements des personnages sur scène et numérotait les différents points de l'espace théâtral.

FOLLAVOINE, *dégageant vers la gauche et sur un ton triomphant.* – Ah ! ah ! Je ne suis pas fâché !... Toi qui veux toujours en savoir plus que les autres !

JULIE, *décontenancée.* – Je ne comprends pas : ça devrait être entre « ébrécher » et « ébriété ».

FOLLAVOINE, *sur un ton rageur.* – Quand je te dis qu'on ne trouve rien dans ce dictionnaire ! Tu peux chercher les mots par une lettre ou par une autre, c'est le même prix ! On ne trouve que des mots dont on n'a pas besoin !

JULIE, *les yeux fixés sur le dictionnaire.* – C'est curieux !

FOLLAVOINE, *s'asseyant sur le canapé et sur un ton pincé.* – Tout de même, je vois que la « porcelainière » peut aller de pair avec le « porcelainier ».

JULIE, *sèchement.* – En tout cas j'ai cherché dans les E ; c'est plus logique que dans les Z.

FOLLAVOINE, *haussant les épaules.* – Ah ! la, la ! « plus logique que dans les Z » ! pourquoi pas aussi dans les H ?

JULIE, *vexée.* – « Dans les H... dans les H... » ! Qu'est-ce que ça veut dire ça, « dans les H » ?... *(Changeant insensiblement de ton.)* Mais, au fait... dans les H... pourquoi pas ?... mais oui : « Hébrides... Hébrides », il me semble bien que ?... oui ! *(Elle s'est précipitée sur le dictionnaire qu'elle feuillette d'une main fébrile[12].)* H !... H... H...

FOLLAVOINE, *la singeant[13].* – Quoi, « achachache » ?

JULIE, *parcourt rapidement la colonne des mots.* – « Hébre, Hébreu, Hébrides » ! *(Triomphante.)* Mais oui, voilà : « Hébrides », ça y est !

FOLLAVOINE, *se précipitant vers sa femme.* – Tu l'as trouvé ?

12. Nerveuse.

13. L'imitant.

(Dans son mouvement, il est allé donner du pied contre le seau qu'il n'a pas vu. Avec rage.) Ah ! là, voyons !
(Il ramasse le seau et ne sachant où le mettre, le pose sur le coin gauche de la table. Il reste ainsi les deux avant-bras appuyés sur le couvercle du seau.)

JULIE. – En plein : « Hébrides, îles qui bordent l'Écosse au nord ».

FOLLAVOINE, *dégageant vers la gauche, et radieux, comme si c'était lui qui avait trouvé.* – Eh ! bien, voilà !

JULIE. – Ah ! et puis encore : « Nouvelles-Hébrides, îles de la Mélanésie[14] ».

FOLLAVOINE, *sur le même ton.* – « Mélanésie », voilà ! C'est bien ça ! Tout à l'heure nous n'avions pas d'Hébrides du tout et maintenant nous en avons trop ! Voilà ! c'est l'éternelle histoire ! C'est la vie !

JULIE. – Oui, mais lesquelles lui faut-il, maintenant, à ce petit !

FOLLAVOINE, *à la « je m'en fiche ».* – Oh ! ben ça, ça m'est égal ! Il choisira celles qu'il voudra ! On avait besoin d'Hébrides ; on en a, c'est l'essentiel ! S'il y en a trop, on en laissera !

JULIE. – Et dire qu'on cherchait dans les « E », dans les « Z »…

FOLLAVOINE, *se laissant tomber sur le canapé.* – On aurait pu chercher longtemps !

JULIE, *se levant et passant son bras dans l'anse de son seau pour l'emporter.* – Et c'était dans les « H » !

FOLLAVOINE, *avec un aplomb touchant à l'inconscience.* – Qu'est-ce que je disais !

JULIE, *ahurie de son toupet[15], se retourne vers lui puis.* – Comment, « ce que tu disais » ?

14. En Océanie.

15. Audace (terme familier).

FOLLAVOINE, *le plus calme du monde.* – Eh ! ben, oui, quoi ? C'est peut-être pas moi qui ai dit : « pourquoi pas dans les H ? »

JULIE. – Pardon ! Tu l'as dit !… tu l'as dit… ironiquement.

FOLLAVOINE, *se levant et allant à elle.* – Ironiquement ! En quoi ça, ironiquement ?

JULIE. – Absolument ! pour te moquer de moi : *(Contrefaisant sa voix.)* « Ah ! pourquoi pas aussi dans les H » ?
(Elle passe au n° 1.)

FOLLAVOINE. – Ah ! bien, non, tu sais !…

JULIE. – C'est moi alors qui subitement ai eu comme la vision du mot.

FOLLAVOINE, *gagnant la droite au-dessus de la table.* – « Comme la vision du mot » ! Cette mauvaise foi des femmes ! Je te dis : « Pourquoi pas dans les H ? » Alors tu sautes là-dessus, tu fais : « Au fait oui, dans les H, pourquoi pas ? » Et tu appelles ça : « avoir la vision du mot » ? Ah ! bien, c'est commode !

JULIE, *furieuse, allant jusqu'au coin gauche de la table sur laquelle elle pose son seau.* – Oh ! c'est trop fort ! Quand c'est moi qui ai pris le dictionnaire ! quand c'est moi qui ai cherché dedans !

FOLLAVOINE, *descendant par la droite de la table. Sur un ton persifleur.* – Oui, dans les E !

JULIE. – Dans les E… dans les E d'abord ; comme toi avant, dans les Z ; mais ensuite dans les H.

FOLLAVOINE, *s'asseyant sur le fauteuil qui est à droite devant la table. – L'air détaché, les yeux au plafond.* – Belle malice, quand j'ai eu dit : « Pourquoi pas dans les H » ?

JULIE, *gagnant la gauche.* – Oui, comme tu aurais dit : « Pourquoi pas dans les Q » ?

FOLLAVOINE. – Oh ! non, ma chère amie, non ! si nous en arrivons aux grossièretés ?

JULIE, *se retourne ahurie, reste un instant interloquée, puis.* – Quoi ? Quoi ? quelles grossièretés ?

FOLLAVOINE. – Moi, je te préviens que je ne suis pas de force, alors !...

JULIE, *gagnant la gauche de la table.* – Où ça, des grossièretés ? parce que je te tiens tête ? parce que je dis ce qui est ? *(Secouant rageusement son seau de toilette sur la table tout en parlant.)* Mais oui, c'est moi qui ai trouvé ! Oui, c'est moi qui ai trouvé !

FOLLAVOINE, *se précipitant sur le seau de toilette pour le lui enlever des mains.* – Eh ! bien, oui, oui !... bon ! c'est bon ! *(Il cherche à droite et à gauche où poser le seau.)*

JULIE, *voyant son jeu.* – Quoi ! Qu'est-ce que tu cherches ?

FOLLAVOINE, *avec rage.* – Je cherche... je cherche... je cherche où mettre ça.

JULIE. – Eh ! bien, pose-le par terre.

FOLLAVOINE, *le déposant au milieu de la scène.* – Oui.

JULIE, *revenant à la charge.* – Non, tu sais, avoir l'aplomb de prétendre !...
(Elle gagne la gauche.)

FOLLAVOINE, *excédé.* – Oh !... mais oui, là ! Puisque c'est entendu ! C'est toi qui as trouvé.

JULIE. – Mais, parfaitement, c'est moi ! Il ne s'agit pas d'avoir l'air de me faire des concessions.

FOLLAVOINE. – Ah ! et puis, je t'en prie, en voilà assez, hein ! avec tes E, tes Z, tes H et tes Q ! c'est vrai ça ! Tiens, tu ferais mieux d'aller t'habiller !

Questions

Repérer et analyser

La situation d'énonciation

1 Dans quel lieu ces deux scènes se déroulent-elles ? Relevez dans les didascalies les détails qui l'indiquent.

2 Quels sont les personnages présents dans chacune des deux scènes ? Qui sont-ils les uns par rapport aux autres ?

3 **a.** À quoi Follavoine est-il occupé au début de la scène 1 ? Appuyez-vous sur les didascalies.

b. Quelle est la question qui le préoccupe ?

4 Quel personnage, bien qu'il ne soit pas présent sur scène, occupe néanmoins une place importante ? Justifiez votre réponse

Le personnage de Follavoine

5 Quelle image Follavoine donne-t-il de lui au cours de la scène 1 (jusqu'à la sortie de Rose) ? Pour répondre :

a. Dites sur quel ton il s'adresse à Rose lorsqu'elle lui dit que sa femme demande à le voir.

b. Dites sur quel ton il parle de sa femme. Citez le texte.

c. Relevez l'expression méprisante par laquelle Follavoine désigne Rose. Quelle est la raison de ce mépris ?

6 **Le monologue**

> *Un monologue* est un discours qu'un personnage, seul en scène, s'adresse à lui-même.

Qu'apprend le spectateur à travers le monologue de Follavoine ? Quelle autre image Follavoine donne-t-il alors de lui ?

7 **a.** Pour quelle raison Follavoine cherche-t-il le mot *Hébrides* dans le dictionnaire ?

b. Pourquoi Follavoine n'a-t-il pas avoué à son fils son ignorance ?

c. Quelle image paternelle Follavoine veut-il donner à son fils ? Justifiez votre réponse.

La scène de dispute

La scène de dispute entre mari et femme (ou jeune homme et jeune fille) est une scène que l'on trouve traditionnellement au théâtre.

8 Quelle est l'humeur de Julie lorsqu'elle entre en scène ? Quelle est la cause de cette humeur ?

9 **a.** Sur quel ton la conversation s'engage-t-elle ? Appuyez-vous sur les deux types de phrases dominants dans les premières répliques de la scène 2.

b. Quel est l'objet qui envenime la querelle entre les époux (ligne 101) ?

10 **a.** Quelle est la question d'orthographe qui offre un autre sujet de dispute ?

b. Julie en sait-elle davantage que Follavoine sur cette question ? Justifiez votre réponse.

c. À quel moment Follavoine se montre-t-il de mauvaise foi envers sa femme ? Comment essaie-t-il de prouver que c'est lui qui a trouvé la réponse ?

d. Quel personnage a le dernier mot dans cette scène de dispute ? Justifiez votre réponse.

Le comique

11 En quoi le dialogue entre Rose et Follavoine est-il comique ? Pour répondre, montrez que Rose ne comprend pas le discours de Follavoine en vous appuyant :

- sur quelques répliques précises ;
- sur les expressions reprises en écho ;
- sur les didascalies.

12 Quels sont les divers éléments (gestes, méprises, mots) qui peuvent susciter le rire dans la scène 2 ?

13 En quoi le personnage de Follavoine est-il ridicule ?

Étudier la langue

Intonation et types de phrases

Types de phrases	**Attitude de l'énonciateur**	**Ponctuation à l'écrit**	**Intonation à l'oral**	**Exemples**
Déclarative	Énonce une certitude	Point	Descendante	*Elle est sortie.*
Interrogative	Attend une réponse	Point d'interrogation	Montante	*Est-ce que tu es là ?*
Impérative	Donne un ordre, un conseil	Point	Descendante	*Viens ici.*
Exclamative	Exprime un sentiment (étonnement, colère, admiration…)	Point d'exclamation	Descendante ou montante	*Quelle histoire! Tu pars!*

Remarques :

1. La phrase de type exclamatif peut se combiner avec le type déclaratif ou impératif : l'énonciateur peut exprimer une émotion en même temps qu'il donne un ordre ou fait une déclaration : *Sortez ! Vous êtes belle !*

2. L'énonciateur peut exprimer un ordre par une phrase de type interrogatif : *Vas-tu te taire ?* ou de type déclaratif : *Tu fermeras la fenêtre.*

14 Identifiez les types de phrases dans les phrases suivantes et dites quelle est l'intention du personnage :

– « Entrez ! » (ligne 7)
– « Qu'est-ce que vous voulez ? » (lignes 7-8)
– « Je regrette ; je travaille. » (lignes 17-18)
– « Les Hébrides ?… Vous ne savez pas où c'est ? » (ligne 34)
– « Eh ! bien, les Hébrides, c'est ça ! c'est des îles ! » (ligne 52)
– « Tu ne peux pas te déranger ? non ? » (ligne 85)
– « Que c'est bête ce que tu dis là ! » (ligne 110)

Jouer les scènes

15 Jouez la scène 1.

Les déplacements

Lisez attentivement les didascalies et faites ensuite le schéma des déplacements de Rose et de Follavoine en utilisant une couleur différente pour chaque personnage. Ce schéma vous sera utile pour respecter les indications données par Feydeau.

Les accessoires

Une table, un fauteuil sur le bras duquel Follavoine est assis au début de la scène, un dictionnaire.

Le jeu des acteurs

Follavoine est très sûr de lui et affiche sa supériorité tandis que Rose est de plus en plus ahurie. Votre jeu et votre ton doivent l'indiquer. Vers la fin de la scène, le ridicule de Follavoine doit éclater.

16 Jouez la scène 2.

Les costumes

Julie porte une chemise de nuit sur laquelle elle a passé un jupon et par-dessus un peignoir de bain dont la cordelière traîne par-derrière, ainsi que l'indique Feydeau ; ses bas tombent sur ses pantoufles ; elle a des bigoudis sur la tête. Le contraste doit être marqué entre Follavoine qui est tiré à quatre épingles et Julie qui se présente dans une tenue négligée.

Céline Samie dans *On purge Bébé*, 1991.

Un accessoire indispensable

Le seau d'eau que Julie apporte dans le bureau de Follavoine. Les personnages le posent, le changent de place ; Follavoine manque de tomber à cause de ce seau et cet objet est prétexte à une dispute.

Le jeu des personnages

Les deux personnages se parlent sur un ton agacé, Follavoine est bougon et Julie se montre parfois dédaigneuse. Respectez bien les didascalies qui vous indiquent le ton et les attitudes.

Le ton change au moment où Julie trouve le mot dans le dictionnaire. Montrez dans votre jeu la mauvaise foi de Follavoine et la réaction de sa femme devant une telle attitude.

Lire

17 Lisez *Le Gora* de Georges Courteline dont l'argument repose sur un problème de prononciation. Vous trouverez ce texte dans :

- *Alice au pays des merveilles*, collection « Œuvres et thèmes », Hatier ;
- Georges Courteline, *Théâtre à lire, théâtre à jouer*, École des loisirs.

Écrire

Écrire un dialogue

18 Comme le groupe de mots « les Hébrides », la prononciation de certains groupes nominaux peut donner lieu à des confusions orthographiques, comme « un héritage », « un haricot » ou « un escargot ». Rédigez, à la manière de Feydeau, une courte scène dans laquelle deux frères s'opposent à propos de l'orthographe d'un de ces mots. Introduisez des didascalies pour préciser les accessoires, les attitudes, le ton des personnages.

Texte 8

Le Petit Chaperon Vert

Pierre-Henri Cami

Pierre-Henri Cami (1884-1958) est un humoriste français, créateur de personnages burlesques, tels que Loufock-Holmes ou César Rikiki, qu'il met en scène dans des textes comiques et même loufoques. Cami jouit d'une grande renommée dès 1914 et est considéré par Charlie Chaplin comme le plus grand humoriste du monde. J. Prévert et R. Topor comptent aussi au nombre de ses admirateurs.

En 1914, Cami reprend, en le transformant, le conte Le Petit Chaperon Rouge.

Premier acte
Coïncidences tragiques

La scène représente l'intérieur d'une maison.

LE PÈRE DU PETIT CHAPERON VERT. – Nous habitons la maison où logeait autrefois le célèbre Petit Chaperon Rouge, qui fut mangé par le loup.

LA MÈRE DU PETIT CHAPERON VERT. – Étrange coïncidence[1] : notre ravissante petite fille porte avec tant de grâce un petit chapeau vert qu'on l'appelle partout : le Petit Chaperon Vert.

LE PÈRE DU PETIT CHAPERON VERT. – Coïncidence plus extraordinaire encore : la mère-grand de notre petite fille demeure au village voisin, comme jadis celle du Petit Chaperon Rouge, et pour aller chez elle, il faut traverser la forêt prochaine.

1. Ressemblance fortuite (due au hasard) de circonstances.

La mère du Petit Chaperon Vert. – Ne dit-on pas aussi que le fameux loup qui dévora le Petit Chaperon Rouge et sa grand-mère rôde toujours dans la forêt ?

Le père du Petit Chaperon Vert. – Oui, toutes ces coïncidences sont particulièrement troublantes.

La mère du Petit Chaperon Vert. – D'autant plus troublantes qu'aujourd'hui même j'ai fait cuire des galettes et...

Le père du Petit Chaperon Vert, *pâlissant*. – Des galettes ! C'est affreux ! Ah ! Je devine la suite ! Tu vas envoyer notre fille le Petit Chaperon Vert porter à sa mère-grand une galette ?

La mère du Petit Chaperon Vert. – Oui, une galette et un petit pot de beurre.

Le père du Petit Chaperon Vert. – Un petit pot de beurre ! C'est horrible ! Ce sont là d'extraordinaires et tragiques coïncidences ! Mais, chut ! voici le Petit Chaperon Vert qui revient de l'école.

La mère du Petit Chaperon Vert, *au Petit Chaperon Vert*. – Va voir comment se porte ta mère-grand. Porte-lui cette galette et ce petit pot de beurre.

Le père du Petit Chaperon Vert, *joyeusement*. – Tiens, comme le Petit Chaperon Rouge !

La mère du Petit Chaperon Vert, *avec anxiété*. – Comme le Petit Chaperon Rouge ! Oh ! mon cœur est rempli de sombres pressentiments. Dois-je la laisser partir ?

Le Petit Chaperon Vert. – Ne craignez rien, chers parents. Le Petit Chaperon Vert est plus rusé que le Petit Chaperon Rouge. Si par hasard je trouve le loup dans le lit de mère-grand, il ne pourra pas me dévorer. J'ai une idée.
(Elle part.)

Deuxième acte
La ruse du Petit Chaperon Vert

La scène représente l'intérieur de la maison de la mère-grand.

LE LOUP QUI MANGEA JADIS LE PETIT CHAPERON ROUGE, *couché dans le lit.* – Dès que j'ai aperçu le Petit Chaperon Vert se diriger vers la maison de sa mère-grand, j'ai opéré de la même manière qu'autrefois pour le Petit Chaperon Rouge. Je suis arrivé le premier chez la mère-grand. J'ai dévoré rapidement cette vieille dame, j'ai pris sa place dans le lit et j'attends le Petit Chaperon Vert, il ne va pas tarder à heurter à la porte.

LE PETIT CHAPERON VERT, *frappant à la porte.* – C'est votre fille le Petit Chaperon Vert qui vous apporte une galette et un petit pot de beurre.

LE LOUP QUI MANGEA JADIS LE PETIT CHAPERON ROUGE, *adoucissant sa voix.* – Tirez la chevillette et la bobinette cherra. *(Le Petit Chaperon Vert entre.)* Mets la galette et le petit pot de beurre sur la huche, et viens te coucher auprès de moi.

LE PETIT CHAPERON VERT, *à part.* – Ciel ! C'est le loup ! Je reconnais la même phrase qu'il prononça jadis pour attirer le Petit Chaperon Rouge dans le lit. Le misérable est en train de digérer mère-grand, mais grâce à mon idée, il lui sera impossible de me dévorer.

LE LOUP QUI MANGEA JADIS LE PETIT CHAPERON ROUGE. – Eh bien, viens-tu te coucher, mon enfant ?

LE PETIT CHAPERON VERT, *se couchant près du loup.* – Me voilà ! Oh ! mère-grand, que vous avez de grands bras !

LE LOUP QUI MANGEA JADIS LE PETIT CHAPERON ROUGE. – C'est pour mieux t'embrasser, mon enfant.

LE PETIT CHAPERON VERT. – Mère-grand, que vous avez de grandes jambes !

LE LOUP QUI MANGEA JADIS LE PETIT CHAPERON ROUGE. – C'est pour mieux courir, mon enfant.

LE PETIT CHAPERON VERT. – Mère-grand, que vous avez de grandes oreilles !

LE LOUP QUI MANGEA JADIS LE PETIT CHAPERON ROUGE. – C'est pour mieux t'écouter, mon enfant.

LE PETIT CHAPERON VERT. – Mère-grand, que vous avez de grands yeux !

LE LOUP QUI MANGEA JADIS LE PETIT CHAPERON ROUGE. – C'est pour mieux te voir, mon enfant ! *(À part.)* Apprêtons-nous !

LE PETIT CHAPERON VERT. – Mère-grand, que vous avez de grands bras !

LE LOUP QUI MANGEA JADIS LE PETIT CHAPERON ROUGE, *interloqué*[2]. – Mais tu l'as déjà dit, mon enfant.

LE PETIT CHAPERON VERT, *continuant*. – Mère-grand, que vous avez de grandes jambes.

LE LOUP QUI MANGEA JADIS LE PETIT CHAPERON ROUGE. – Mais tu répètes toujours la même chose ! Voyons, il y a autre chose à demander, par exemple *(Insinuant.)* : mère-grand, que vous avez de grandes…

LE PETIT CHAPERON VERT. – De grandes oreilles !

LE LOUP QUI MANGEA JADIS LE PETIT CHAPERON ROUGE. – Mais non, de grandes… de grandes… *(Très insinuant.)* ça commence par un d.

2. Déconcerté.

Le Petit Chaperon Vert. – … de grandes jambes !

Le loup qui mangea jadis le Petit Chaperon Rouge, *sautant du lit*. – Enfer et damnation ! ! ! Ce Petit Chaperon Vert se joue de moi ! Cette rusée petite fille s'obstine à ne pas dire : « Mère-grand, que vous avez de grandes dents ! » Alors, naturellement, je ne peux pas sauter sur elle et lui répondre : « C'est pour mieux te manger ! » *(Avec un soupir de regret.)* Ah ! où sont les enfants naïfs et faciles à dévorer d'autrefois ? *(Il sort, furieux.)*

(Rideau.)

« Le Petit Chaperon Vert », dans *L'Homme à la tête d'épingle*,
Société Nouvelle des Éditions Pauvert, 1972.

***Le Petit Chaperon Rouge*, gravure de A. Vimar (1851-1916).**

Questions

Repérer et analyser

La structure de la pièce

1 **a.** Combien d'actes cette pièce comporte-t-elle ? Quels en sont les sous-titres ? Quelles indications donnent-ils ?
b. Combien de scènes y a-t-il dans chaque acte ?
c. Quel est le sens du mot « Rideau » à la fin de la pièce ?

La situation d'énonciation

2 **a.** Quels sont les personnages présents dans le premier acte ? Quels liens les unissent ?
b. Quel personnage apparaît dans le deuxième acte ?

3 Dans quel lieu chaque acte se déroule-t-il ?

4 Repérez les passages dans lesquels les personnages commentent l'action. S'adressent-ils aux autres personnages ? Justifiez votre réponse.

Les apartés

5 Relevez dans le deuxième acte les apartés (voir p. 41) du Petit Chaperon Vert et du loup ? Quel est leur rôle ?

La parodie

Une parodie est une imitation comique.

6 **a.** Qu'est-ce qu'une coïncidence ? Combien de fois le mot « coïncidence » est-il répété dans le premier acte ?
b. Combien de fois l'expression « le Petit Chaperon Rouge » est-elle reprise ?
c. Quel est l'effet produit par ces répétitions ?

7 **a.** Relisez le conte *Le Petit Chaperon Rouge* et relevez, dans un tableau, les coïncidences qui existent entre les deux textes.
b. Relevez les adjectifs qualificatifs qui accompagnent le mot « coïncidence(s) » ? Quelle progression notez-vous dans l'emploi de ces adjectifs ?

8 **a.** Quelle expression la petite fille emploie-t-elle dans la dernière réplique du premier acte ? Dans quelle réplique du deuxième acte retrouve-t-on cette expression ?
b. En quoi la répétition de cette expression crée-t-elle un certain suspense ? Quel est l'effet produit sur le spectateur ?

9 **a.** Qu'était-il arrivé au Petit Chaperon Rouge dans le conte de Charles Perrault ?
b. Qui croit attraper l'autre dans *Le Petit Chaperon Vert* ? Que se passe-t-il en fait ?
c. En quoi a consisté la ruse du Petit Chaperon Vert ? Quel avantage le Petit Chaperon Vert a-t-il sur le Petit Chaperon Rouge ?

10 En quoi cette parodie est-elle amusante ?

Les personnages

Le père et la mère

11 **a.** Relevez les didascalies qui soulignent l'inquiétude des parents. Cette inquiétude est-elle justifiée ?
b. Par quels types de phrases expriment-ils leur inquiétude ?

12 **a.** Comment expliquez-vous l'attitude contradictoire du père qui, après avoir pâli (didascalie de la ligne 19), parle joyeusement (didascalie de la ligne 31) ?
b. Pourquoi l'attitude des parents peut-elle être qualifiée d'absurde ? Qu'auraient-ils dû faire ou ne pas faire, en toute logique ?

Le Petit Chaperon Vert

13 **a.** Relisez la seconde réplique. Quel portrait la mère fait-elle de sa fille ?
b. Dans la dernière réplique du premier acte, le Petit Chaperon Vert met en avant la qualité qui lui sauvera la vie. Quelle est cette qualité ?

Le loup

14 **a.** Relevez les indications qui signalent que le loup est bien celui du conte. Où apparaissent ces indications ?
b. Pour quelle raison le loup est-il interloqué (ligne 82) ? Comment manifeste-t-il ce sentiment ? Qu'essaie-t-il de faire ensuite ? Y parvient-il ?

15 **a.** Pourquoi le loup ne peut-il pas manger le Petit Chaperon Vert ? De quoi est-il prisonnier ?
b. Qu'éprouve-t-il à la fin de la scène ? Comment le montre-t-il ?

Jouer la pièce

16 Répartissez-vous en groupes de quatre élèves pour jouer la pièce. Respectez bien les didascalies qui vous donnent des indications sur le ton et les sentiments des personnages.
Quelques costumes et accessoires vous seront utiles :
- un chaperon (capuchon couvrant la tête et les épaules) vert,
- un panier contenant des galettes et un pot de beurre,
- un drap de lit pour recouvrir en partie le loup.

Écrire

Imaginer une parodie

17 Relisez *Le Loup et l'agneau* de Jean de La Fontaine et imaginez une parodie de cette fable. Vous écrirez le texte sous forme de dialogue théâtral, à la manière de Cami. Vous commencerez par un commentaire de présentation, prononcé par un personnage.

Se documenter

Le Petit Chaperon Rouge et le loup

Sur le thème du Petit Chaperon Rouge et du loup, vous pouvez lire :
- Pierre Gripari, « Pour l'Annonce », in : *Huit farces pour collégiens*, Ed. Grasset-Jeunesse, 2002.
- Gianni Rodari, « Conte défait ou Il n'y a plus de grands-pères », in : *Histoires au téléphone*, Livre de poche jeunesse, 1996.
- Marcel Aymé, *Le Loup*, adaptation théâtrale des *Contes du Chat perché, Trois contes du Chat perché*, Ed. Gallimard, Folio Junior.

Texte 9

Knock

Jules Romains

Jules Romains (1885-1972) est le pseudonyme de Louis Farigoule qui, à côté de pièces de théâtre, a aussi écrit des poésies et un roman en vingt-sept tomes, Les Hommes de bonne volonté.

Dans Knock, *écrit en 1923, l'auteur mêle farce, comédie et dénonciation de son époque.*

Le docteur Parpalaid, médecin à Saint-Maurice, veut finir sa carrière dans une grande ville et a cédé sa clientèle à Knock. Ce dernier, qui n'a pas les diplômes requis pour exercer la médecine, veut par-dessus tout gagner de l'argent ; pour ce faire, il doit convaincre ses patients qu'ils sont très malades.

Au début de la scène 1 de l'acte II, Knock reçoit le Tambour de ville pour le charger d'une annonce destinée aux habitants du canton, leur proposant une consultation gratuite le lundi matin, jour de marché.

Bien vite, la scène se transforme en consultation.

Acte II, scène 1

KNOCK, LE TAMBOUR DE VILLE.

Dans l'ancien domicile de Parpalaid.
L'installation provisoire de Knock. Table, sièges, armoire-bibliothèque, chaise longue. Tableau noir, lavabo. Quelques figures anatomiques et histologiques[1] *au mur.*

1. Étudiant la formation, l'évolution et la composition des tissus des êtres vivants.

KNOCK, *assis, regarde la pièce et écrit.* – C'est vous, le tambour de ville ?

LE TAMBOUR, *debout.* – Oui, monsieur.

KNOCK. – Appelez-moi docteur. Répondez-moi « oui, docteur », ou « non, docteur ».

LE TAMBOUR. – Oui, docteur.

KNOCK. – Et quand vous avez l'occasion de parler de moi au-dehors, ne manquez jamais de vous exprimer ainsi : « Le docteur a dit », « le docteur a fait »... J'y attache de l'importance. Quand vous parliez entre vous du docteur Parpalaid, de quels termes vous serviez-vous ?

LE TAMBOUR. – Nous disions : « C'est un brave homme, mais il n'est pas bien fort. »

KNOCK. – Ce n'est pas ce que je vous demande. Disiez-vous « le docteur » ?

LE TAMBOUR. – Non. « M. Parpalaid », ou « le médecin », ou encore « Ravachol[2] ».

KNOCK. – Pourquoi « Ravachol » ?

LE TAMBOUR. – C'est un surnom qu'il avait. Mais je n'ai jamais su pourquoi.

KNOCK. – Et vous ne le jugiez pas très fort ?

LE TAMBOUR. – Oh ! pour moi, il était bien assez fort. Pour d'autres, il paraît que non.

KNOCK. – Tiens !

LE TAMBOUR. – Quand on allait le voir, il ne trouvait pas.

2. Anarchiste français (1859-1892).

KNOCK. – Qu'est-ce qu'il ne trouvait pas ?

LE TAMBOUR. – Ce que vous aviez. Neuf fois sur dix, il vous renvoyait en vous disant : « Ce n'est rien du tout. Vous serez sur pied demain, mon ami. »

KNOCK. – Vraiment !

LE TAMBOUR. – Ou bien, il vous écoutait à peine, en faisant « oui, oui », « oui, oui » et il se dépêchait de parler d'autre chose, pendant une heure, par exemple de son automobile.

KNOCK. – Comme si l'on venait pour ça !

LE TAMBOUR. – Et puis il vous indiquait des remèdes de quatre sous ; quelquefois une simple tisane. Vous pensez bien que les gens qui payent huit francs pour une consultation n'aiment pas trop qu'on leur indique un remède de quatre sous. Et le plus bête n'a pas besoin du médecin pour boire une camomille.

KNOCK. – Ce que vous m'apprenez me fait réellement de la peine. Mais je vous ai appelé pour un renseignement. Quel prix demandiez-vous au docteur Parpalaid quand il vous chargeait d'une annonce ?

LE TAMBOUR, *avec amertume*[3]. – Il ne me chargeait jamais d'une annonce.

KNOCK. – Oh ! Qu'est-ce que vous me dites ? Depuis trente ans qu'il était là ?

LE TAMBOUR. – Pas une seule annonce en trente ans, je vous jure.

KNOCK, *se relevant, un papier à la main*. – Vous devez avoir oublié. Je ne puis pas vous croire. Bref, quels sont vos tarifs ?

3. Ressentiment teinté de déception.

LE TAMBOUR. – Trois francs le petit tour et cinq francs le grand tour. Ça vous paraît peut-être cher. Mais il y a du travail. D'ailleurs, je conseille à monsieur…

KNOCK. – « Au docteur ».

LE TAMBOUR. – Je conseille au docteur, s'il n'en est pas à deux francs près, de prendre le grand tour, qui est beaucoup plus avantageux.

KNOCK. – Quelle différence y a-t-il ?

LE TAMBOUR. – Avec le petit tour, je m'arrête cinq fois : devant la Mairie, devant la Poste, devant l'Hôtel de la Clef, au Carrefour des Voleurs, et au coin de la halle. Avec le grand tour, je m'arrête onze fois, c'est à savoir…

KNOCK. – Bien, je prends le grand tour. Vous êtes disponible, ce matin ?

LE TAMBOUR. – Tout de suite si vous voulez…

KNOCK. – Voici donc le texte de l'annonce.
(Il lui remet le papier.)

LE TAMBOUR, *regarde le texte.* – Je suis habitué aux écritures. Mais je préfère que vous me le lisiez une première fois.

KNOCK, *lentement. Le Tambour écoute d'une oreille professionnelle.* – « Le docteur Knock, successeur du docteur Parpalaid, présente ses compliments à la population de la ville et du canton de Saint-Maurice, et a l'honneur de lui faire connaître que, dans un esprit philanthropique[4], et pour enrayer le progrès inquiétant des maladies de toutes sortes qui envahissent depuis quelques années nos régions si salubres autrefois… »

LE TAMBOUR. – Ça, c'est rudement vrai !

4. Qui cherche à améliorer le sort de ses semblables.

KNOCK. – « … il donnera tous les lundis matin, de neuf heures trente à onze heures trente, une consultation entièrement gratuite, réservée aux habitants du canton. Pour les personnes étrangères au canton, la consultation restera au prix ordinaire de huit francs. »

LE TAMBOUR, *recevant le papier avec respect.* – Eh bien ! C'est une belle idée ! Une idée qui sera appréciée ! Une idée de bienfaiteur ! *(Changeant de ton.)* Mais vous savez que nous sommes lundi. Si je fais l'annonce ce matin, il va vous en arriver dans cinq minutes.

KNOCK. – Si vite que cela, vous croyez ?

LE TAMBOUR. – Et puis, vous n'aviez peut-être pas pensé que le lundi est jour de marché ? La moitié du canton est là. Mon annonce va tomber dans tout ce monde. Vous ne saurez plus où donner de la tête.

KNOCK. – Je tâcherai de me débrouiller.

LE TAMBOUR. – Il y a encore ceci : que c'est le jour du marché que vous aviez le plus de chances d'avoir des clients. M. Parpalaid n'en voyait guère que ce jour-là. *(Familièrement.)* Si vous les recevez gratis…

KNOCK. – Vous comprenez, mon ami, ce que je veux, avant tout, c'est que les gens se soignent. Si je voulais gagner de l'argent, c'est à Paris que je m'installerais, ou à New York.

LE TAMBOUR. – Ah ! vous avez mis le doigt dessus. On ne se soigne pas assez. On ne veut pas s'écouter, et on se mène trop durement. Quand le mal vous tient, on se force. Autant vaudrait-il être des animaux.

KNOCK. Je remarque que vous raisonnez avec une grande justesse, mon ami.

LE TAMBOUR, *se gonflant.* – Oh ! sûr, que je raisonne, moi. Je n'ai pas l'instruction que je devrais. Mais il y en a de plus instruits qui ne m'en remontreraient pas. M. le maire, pour ne pas le nommer, en sait quelque chose. Si je vous racontais qu'un jour, monsieur…

KNOCK. – Docteur.

LE TAMBOUR, *avec ivresse.* – Docteur !… qu'un jour, M. le préfet, en personne, se trouvait à la mairie dans la grande salle des mariages, et même que vous pourriez demander attestation du fait à des notabilités présentes, à M. le premier adjoint, pour ne pas le nommer, ou à M. Michalon, et qu'alors…

KNOCK. – Et qu'alors M. le préfet a vu tout de suite à qui il avait affaire, et que le tambour de ville était un tambour qui raisonnait mieux que d'autres qui n'étaient pas tambours mais qui se prenaient pour quelque chose de bien plus fort qu'un tambour. Et qui est-ce qui n'a plus su quoi dire ? C'est M. le maire.

LE TAMBOUR, *extasié.* – C'est l'exacte vérité ! Il n'y a pas un mot à changer ! On jurerait que vous étiez là, caché dans un petit coin.

KNOCK. – Je n'y étais pas, mon ami.

LE TAMBOUR. – Alors, c'est quelqu'un qui vous l'a raconté, et quelqu'un de bien placé ? *(Knock fait un geste de réserve diplomatique.)* Vous ne m'ôterez pas de la tête que vous en avez causé récemment avec M. le préfet.
(Knock se contente de sourire.)

KNOCK, *se levant.* – Donc, je compte sur vous, mon ami. Et rondement, n'est-ce pas ?

LE TAMBOUR, *après plusieurs hésitations.* – Je ne pourrai pas venir tout à l'heure, ou j'arriverai trop tard. Est-ce que ça serait un effet de votre bonté de me donner ma consultation maintenant ?

KNOCK. – Heu... oui. Mais dépêchons-nous. J'ai rendez-vous avec M. Bernard, l'instituteur, et avec M. le pharmacien Mousquet. Il faut que je les reçoive avant que les gens n'arrivent. De quoi souffrez-vous ?

LE TAMBOUR. – Attendez que je réfléchisse ! *(Il rit.)* Voilà. Quand j'ai dîné, il y a des fois que je sens une espèce de démangeaison ici. *(Il montre le haut de son épigastre[5].)* Ça me chatouille, ou plutôt, ça me grattouille.

KNOCK, *d'un air de profonde concentration.* – Attention. Ne confondons pas. Est-ce que ça vous chatouille, ou est-ce que ça vous grattouille ?

***Knock* interprété par Louis Jouvet.**

5. Région du ventre située entre les côtes et l'estomac.

LE TAMBOUR. – Ça me grattouille. *(Il médite.)* Mais ça me chatouille bien un peu aussi.

KNOCK. – Désignez-moi exactement l'endroit.

LE TAMBOUR. – Par ici.

KNOCK. – Par ici… où cela, par ici ?

LE TAMBOUR. – Là. Ou peut-être là… Entre les deux.

KNOCK. – Juste entre les deux ?… Est-ce que ça ne serait pas plutôt un rien à gauche, là, où je mets mon doigt ?

LE TAMBOUR. – Il me semble bien.

KNOCK. – Ça vous fait mal quand j'enfonce mon doigt ?

LE TAMBOUR. – Oui, on dirait que ça me fait mal.

KNOCK. – Ah ! ah ! *(Il médite d'un air sombre.)* Est-ce que ça ne vous grattouille pas davantage quand vous avez mangé de la tête de veau à la vinaigrette ?

LE TAMBOUR. – Je n'en mange jamais. Mais il me semble que si j'en mangeais, effectivement, ça me grattouillerait plus.

KNOCK. – Ah ! ah ! très important. Ah ! ah ! Quel âge avez-vous ?

LE TAMBOUR. – Cinquante et un, dans mes cinquante-deux.

KNOCK. – Plus près de cinquante-deux ou de cinquante et un ?

LE TAMBOUR, *il se trouble peu à peu.* – Plus près de cinquante deux. Je les aurai fin novembre.

KNOCK, *lui mettant la main sur l'épaule.* – Mon ami, faites votre travail aujourd'hui comme d'habitude. Ce soir, couchez-vous de bonne heure. Demain matin, gardez le lit. Je passerai vous voir. Pour vous, mes visites seront gratuites. Mais ne le dites pas. C'est une faveur.

Le Tambour, *avec anxiété*. – Vous êtes trop bon, docteur. Mais c'est donc grave, ce que j'ai ?

Knock. – Ce n'est peut-être pas encore très grave. Il était temps de vous soigner. Vous fumez ?

Le Tambour, *tirant son mouchoir*. – Non, je chique[6].

Knock. – Défense absolue de chiquer. Vous aimez le vin ?

Le Tambour. – J'en bois raisonnablement.

Knock. – Plus une goutte de vin. Vous êtes marié ?

Le Tambour. – Oui, docteur.
(Le Tambour s'essuie le front.)

Knock. – Sagesse totale de ce côté-là, hein ?

Le Tambour. – Je puis manger ?

Knock. – Aujourd'hui, comme vous travaillez, prenez un peu de potage. Demain, nous en viendrons à des restrictions plus sérieuses. Pour l'instant, tenez-vous-en à ce que je vous ai dit.

Le Tambour, *s'essuie à nouveau*. – Vous ne croyez pas qu'il vaudrait mieux que je me couche tout de suite ? Je ne me sens réellement pas à mon aise.

Knock, *ouvrant la porte*. – Gardez-vous-en bien ! Dans votre cas, il est mauvais d'aller se mettre au lit entre le lever et le coucher du soleil. Faites vos annonces comme si de rien n'était, et attendez tranquillement jusqu'à ce soir.
(Le Tambour sort. Knock le reconduit.)

Jules Romains, *Knock*,
Bibliothèque Gallimard.

6. Je mâche du tabac.

Repérer et analyser

La situation d'énonciation

1 **a.** Quels sont les deux personnages en présence ?
b. Quelle fonction chacun d'eux occupe-t-il dans la ville ? À qui Knock a-t-il succédé ?
c. Dans quelles circonstances les deux personnages se retrouvent-ils face à face ?

2 Dans quel lieu la scène se déroule-t-elle ?

La progression du dialogue

3 **a.** Au début de la scène, quelle annonce le docteur Knock demande-t-il au Tambour de faire à travers la ville ?
b. Pour quelle raison le docteur Knock en vient-il à donner une consultation au Tambour ?

4 Quelle réponse le Tambour fait-il à Knock quand celui-ci lui demande de quoi il souffre ? Le Tambour est-il malade ?

Le lexique médical : symptôme et diagnostic

– *Le symptôme* est un signe qui se manifeste lors d'une maladie et qui permet de déceler cette maladie.

– Le médecin établit *un diagnostic* (il détermine la maladie dont souffre le malade) à partir des symptômes observés chez le patient. Le médecin prescrit ensuite un traitement.

5 **a.** Quels symptômes le Tambour dit-il présenter ? Relevez les expressions précises qu'il emploie.
b. Quel diagnostic Knock établit-il ? S'agit-il d'un diagnostic précis ? Justifiez votre réponse. Qu'en conclut-il sur l'état de santé du Tambour ?
c. Quel traitement Knock prescrit-il au Tambour ?

6 **a.** Dans quel état est le Tambour lorsqu'il entre dans le cabinet du docteur ? Dans quel état est-il lorsqu'il en sort ?
b. De quelle façon Knock suggère-t-il au Tambour qu'il est malade ? Sur quel ton lui parle-t-il ?

c. Relevez les phrases qui indiquent que le Tambour subit l'influence de Knock.

Le personnage du médecin

7 **a.** Observez les questions que pose Knock au Tambour pour établir le diagnostic. Vous paraissent-elles scientifiques ?
b. En quoi le traitement prescrit au Tambour paraît-il excessif ? À quel résultat ce traitement aboutira-t-il vraisemblablement ?

8 Knock cherche-t-il à rassurer son patient ou à l'inquiéter ? Justifiez votre réponse.

9 Quelle image Knock donne-t-il du médecin ? Est-ce celle d'un personnage au service de ses patients ?

10 Quelle image le docteur Parpalaid donnait-il ? Pour quelle raison était-il critiqué par les habitants ?

Le comique

11 Voyez-vous une différence entre les verbes « chatouiller » et « grattouiller » ? En quoi leur emploi ici est-il comique ?

12 Pour quelle raison le spectateur peut-il rire du comportement du Tambour ? De quel défaut fait-il preuve dans cette scène ?

La visée

13 **a.** En quoi cette scène a-t-elle une visée comique ? Appuyez-vous sur l'ensemble de vos réponses précédentes.
b. En quoi cette scène a-t-elle également une visée critique : critique d'une certaine catégorie de médecins, mais aussi critique de certains patients ?

Comparer

Les médecins

14 Comparez cet extrait avec la scène 4 de l'acte II du *Médecin malgré lui* de Molière.
Quelles ressemblances voyez-vous entre ces deux scènes ?

Mettre en scène

Le décor

15 En vous inspirant des cabinets de médecin que vous connaissez, dessinez ou faites la maquette du cabinet de Knock. N'oubliez pas le bureau, les sièges, la table d'auscultation... Placez les meubles de façon à ce qu'ils ne gênent pas les déplacements des comédiens.

Les costumes et les accessoires

16 Blouse blanche ou costume strict pour Knock ; uniforme, casquette et tambour pour le Tambour.

N'oubliez pas les accessoires indispensables comme le mouchoir avec lequel s'essuie le Tambour (relisez les didascalies qui y font allusion).

Fabrice Lucchini et Pierre Trapet dans *Knock*, mise en scène de Maurice Bénichou en 2002, au théâtre de l'Athénée, Paris.

Jouer la scène

17 Jouez la scène par groupes de deux élèves.
On peut imaginer qu'au début de l'extrait, Knock est assis à son bureau ; il se lève lorsque le Tambour lui demande une consultation.
Le Tambour, lui, adopte une attitude respectueuse devant Knock, debout devant lui, sa casquette à la main.
Knock parle sur un ton autoritaire, sûr de lui car il veut en imposer à son interlocuteur.
En revanche, le Tambour est timide et de plus en plus nerveux car les paroles de Knock l'effraient ; respectez les didascalies qui fournissent de précieuses indications.
À la fin de la scène, le Tambour est au bord du malaise et n'a qu'une seule envie, aller se coucher.

Écrire

Imaginer une autre scène

18 Le Tambour et un autre patient, lui aussi soigné par Knock, se rencontrent par hasard dans la salle d'attente de ce dernier. En attendant d'être reçus, ils se racontent leurs maux respectifs avec beaucoup de détails et de soupirs.
Rédigez ce dialogue, sans oublier d'y insérer des didascalies. Vous pouvez utiliser certains termes proposés ci dessous :
- **Les parties du corps :** poumon, foie, ventre, reins, dos, pieds, tête, oreilles…
- **L'état du malade :** indisposé, abattu, mal en point, affaibli, livide…
- **Quelques maladies :** aérophagie (air dans l'estomac), rhumatismes, torticolis, coryza, troubles de la digestion, maladies respiratoires…
- **La douleur :** élancement, pincement, tiraillement, colique, étouffement… La douleur peut être aiguë, légère, lancinante…
- **Les remèdes :** une ordonnance, un remède, une médication, garder le lit…

Texte 10

Marius

Marcel Pagnol

Marcel Pagnol (1895-1974), outre ses souvenirs d'enfance racontés dans La Gloire de mon père, Le Château de ma mère, Le Temps des secrets *et* Le Temps des amours, *a écrit bon nombre de pièces de théâtre, parmi lesquelles la fameuse trilogie marseillaise,* Marius, Fanny *et* César *dans laquelle il met en scène, dans un bar de Marseille, une galerie de personnages populaires, hauts en couleurs.*

Dans Marius, *César, patron du bar de la Marine, veuf, vit avec son fils Marius qui, espère-t-il, lui succédera un jour comme patron du bar ; mais Marius est déchiré entre son amour pour Fanny et son désir de naviguer et de découvrir de nouveaux horizons.*

Au début de l'acte III, comme tous les jours, César et les habitués du bar de la Marine jouent à la manille.

Escartefigue est le capitaine du ferry-boat qui traverse le Vieux Port vingt-quatre fois par jour, Panisse est maître voilier et Monsieur Brun, un Lyonnais, est vérificateur des douanes.

Acte III, scène 1

Il est 9 heures du soir. Dans le petit café, Escartefigue, Panisse, César et M. Brun sont assis autour d'une table. Ils jouent à la manille. Autour d'eux, sur le parquet, deux rangs de bouteilles vides. Au comptoir, le chauffeur du ferry-boat, déguisé en garçon de café, mais aussi sale que jamais.

PANISSE, ESCARTEFIGUE, CÉSAR, LE CHAUFFEUR, M. BRUN.

Quand le rideau se lève, Escartefigue regarde son jeu intensément et, perplexe, se gratte la tête. Tous attendent sa décision.

PANISSE, *impatient*. – Eh bien quoi ? C'est à toi !

ESCARTEFIGUE. – Je le sais bien. Mais j'hésite… *(Il se gratte la tête. Un client de la terrasse frappe sur la table de marbre.)*

CÉSAR, *au chauffeur*. – Hé, l'extra[1] ! On frappe ! *(Le chauffeur tressaille et crie.)*

LE CHAUFFEUR. – Voilà ! Voilà ! *(Il saisit un plateau vide, jette une serviette sur son épaule et s'élance vers la terrasse.)*

CÉSAR, *à Escartefigue*. – Tu ne vas pas hésiter jusqu'à demain !

M. BRUN. – Allons, capitaine, nous vous attendons ! *(Escartefigue se décide soudain. Il prend une carte, lève le bras pour la jeter sur le tapis, puis, brusquement, il la remet dans son jeu.)*

ESCARTEFIGUE. – C'est que la chose est importante ! *(À César.)* Ils ont trente-deux et nous, combien nous avons ? *(César jette un coup d'œil sur les jetons en os qui sont près de lui, sur le tapis.)*

CÉSAR. – Trente.

M. BRUN, *sarcastique*[2]. – Nous allons en trente-quatre.

PANISSE. – C'est ce coup-ci que la partie se gagne ou se perd.

ESCARTEFIGUE. – C'est pour ça que je me demande si Panisse coupe à cœur.

1. Ici, garçon de café occasionnel.

2. Moqueur, de façon méchante.

CÉSAR. – Si tu avais surveillé le jeu, tu le saurais.

PANISSE, *outré*[3]. – Eh bien, dis donc, ne vous gênez plus ! Montre-lui ton jeu puisque tu y es !

CÉSAR. – Je ne lui montre pas mon jeu. Je ne lui ai donné aucun renseignement.

M. BRUN. – En tout cas, nous jouons à la muette, il est défendu de parler.

PANISSE, *à César*. – Et si c'était une partie de championnat, tu serais déjà disqualifié.

CÉSAR, *froid*. – J'en ai vu souvent des championnats. J'en ai vu plus de dix. Je n'y ai jamais vu une figure comme la tienne.

PANISSE. – Toi, tu es perdu. Les injures de ton agonie ne peuvent pas toucher ton vainqueur.

CÉSAR. – Tu es beau. Tu ressembles à la statue de Victor Gelu[4].

ESCARTEFIGUE, *pensif*. – Oui, et je me demande toujours s'il coupe à cœur.
(À la dérobée, César fait un signe qu'Escartefigue ne voit pas, mais Panisse l'a surpris.)

PANISSE, *furieux*. – Et je te prie de ne pas lui faire de signes.

CÉSAR. – Moi je lui fais des signes ? Je bats la mesure.

PANISSE – Tu ne dois regarder qu'une seule chose : ton jeu. *(À Escartefigue.)* Et toi aussi !

CÉSAR. – Bon.
(Il baisse les yeux vers ses cartes.)

PANISSE, *à Escartefigue*. Si tu continues à faire des grimaces, je fous les cartes en l'air et je rentre chez moi.

3. Indigné, scandalisé.
4. Poète marseillais né en 1806. Une place de Marseille porte son nom.

M. BRUN. – Ne vous fâchez pas, Panisse. Ils sont cuits.

ESCARTEFIGUE. – Moi, je connais très bien le jeu de la manille, et je n'hésiterais pas une seconde si j'avais la certitude que Panisse coupe à cœur.

PANISSE. – Je t'ai déjà dit qu'on ne doit pas parler, même pour dire bonjour à un ami.

ESCARTEFIGUE. – Je ne dis bonjour à personne. Je réfléchis à haute voix.

PANISSE. – Eh bien ! réfléchis en silence… *(César continue ses signaux.)* Et ils se font encore des signes ! Monsieur Brun, surveillez Escartefigue, moi, je surveille César.
(Un silence. Puis César parle sur un ton mélancolique.)

CÉSAR, *à Panisse.* – Tu te rends compte comme c'est humiliant ce que tu fais là ? Tu me surveilles comme un tricheur. Réellement, ce n'est pas bien de ta part. Non, ce n'est pas bien.

PANISSE, *presque ému.* – Allons, César, je t'ai fait de la peine ?

CÉSAR, *très ému.* – Quand tu me parles sur ce ton, quand tu m'espinches[5] comme si j'étais un scélérat… Je ne dis pas que je vais pleurer, non, mais moralement, tu me fends le cœur.

PANISSE. – Allons César, ne prends pas ça au tragique !

CÉSAR, *mélancolique.* – C'est peut-être que sans en avoir l'air, je suis trop sentimental. *(À Escartefigue.)* À moi, il me fend le cœur. Et à toi, il ne te fait rien ?

ESCARTEFIGUE, *ahuri.* – Moi, il ne m'a rien dit.

CÉSAR, *il lève les yeux au ciel.* – Ô Bonne Mère ! Vous entendez ça !

5. Tu m'espionnes (expression marseillaise).

(Escartefigue pousse un cri de triomphe. Il vient enfin de comprendre, et il jette une carte sur le tapis. Panisse la regarde, regarde César, puis se lève brusquement, plein de fureur.)

PANISSE. – Est-ce que tu me prends pour un imbécile ? Tu as dit : « Il nous fend le cœur » pour lui faire comprendre que je coupe à cœur. Et alors, il joue cœur, parbleu !
(César prend un air innocent et surpris.)

PANISSE, *il lui jette les cartes au visage.* – Tiens, les voilà tes cartes, tricheur, hypocrite ! Je ne joue pas avec un Grec ; siou plus fada qué tu, sas ! Foou pas mi prendré per un aoutré ! *(Il se frappe la poitrine.)* Siou mestré Panisse, et siès pas pron fin per m'aganta[6] !

Marcel Pagnol, *Marius*, Éditions de la Treille,
Bernard de Fallois, 1976.
Site : marcel-pagnol.com.

Raimu interprète le rôle de César dans *Marius*, film d'Alexandre Korda (1931).

6. « Je suis plus fou que toi, tu sais. Il ne faut pas me prendre pour un autre ! Je suis Maître Panisse et tu n'es pas assez fin pour me coincer. »

Repérer et analyser

La situation d'énonciation

1 **a.** Qui sont les différents personnages sur scène ? Précisez leur niveau de langage, leur accent.
b. Quels sont ceux qui se tutoient ? Quels sont ceux qui se vouvoient ? Que peut-on en conclure sur leurs rapports ?
2 Dans quelle ville et dans quel lieu précis les personnages sont-ils réunis ? Précisez les indices qui le montrent.
3 Quelle heure est-il ? La partie de cartes vient-elle de commencer ? Justifiez votre réponse en citant le texte et en vous appuyant sur la didascalie initiale.
4 **a.** Cherchez ce qu'est le jeu de la manille.
b. Que signifie « jouer à la muette » ? Les joueurs respectent-ils cette règle ?
c. Quels sont les partenaires de jeu dans cette partie ?

Les relations entre les personnages

5 **a.** Qui semble avoir l'avantage au début de la scène ?
b. Pourquoi Escartefigue hésite-t-il à jouer ? Comment cette hésitation se manifeste-t-elle ?
6 Quel est le comportement de César durant cette partie ? Que cherche-t-il à faire ? Par quel moyen ?
7 **a.** À quel moment Panisse se laisse-t-il presque émouvoir ? Pourquoi ?
b. Pourquoi se met-il ensuite en colère ? Étudiez la progression de sa colère (attitudes, gestes, types de phrases, langage…).
c. Montrez, en citant le texte, que César prend un malin plaisir à se moquer de Panisse.
8 Comment la scène se termine-t-elle ?

Le comique

9 En quoi cette scène est-elle comique ? Relevez des exemples de comportements, de gestes, de jeux de mots (notamment l'expression « Tu me fends le cœur ») et de ton qui provoquent le rire du spectateur.

Jouer la scène

10 De quels meubles et accessoires aurez-vous besoin pour jouer la scène ? Faites-en la liste.

11 Formez des groupes de cinq élèves pour jouer cette scène. N'oubliez pas que les personnages, à l'exception de Monsieur Brun, parlent avec l'accent de Marseille ; de plus, ils font de grands gestes en parlant. Respectez bien les didascalies qui vous indiquent le ton et les gestes à faire.

Au début de la scène, les personnages sont un peu agacés de voir Escartefigue hésiter car l'issue de la partie est proche ; puis Panisse élève le ton tandis que César s'amuse à énerver son ami.

Quant à Escartefigue, plongé dans le jeu, il n'entend rien à ce que veut lui faire comprendre César qui, pourtant, insiste lourdement sur l'expression « tu me fends le cœur ».

Monsieur Brun et le chauffeur ne prononcent pas beaucoup de répliques mais ils sont bien présents sur scène et écoutent ce qui se passe. Le chauffeur, tout en écoutant, s'occupe du bar et sert les clients.

Écrire

Écrire une scène de dispute

12 Vous jouez au Monopoly, au Cluedo, ou à un autre jeu que vous choisirez, avec des amis ou votre famille. La partie se déroule pour le mieux jusqu'au moment où l'un des participants, qui est mauvais joueur, commence à perdre.

Écrivez la scène sous forme de dialogue théâtral (répliques, didascalies). Montrez comment la situation va peu à peu s'envenimer.

Se documenter

Adaptation cinématographique de *Marius*

Cette pièce de Marcel Pagnol, *Marius*, a été adaptée au cinéma en 1931 et réalisée par Alexandre Korda, avec Raimu dans le rôle de César et Pierre Fresnay dans celui de Marius.

Texte 11

Finissez vos phrases ! ou une heureuse rencontre

Jean Tardieu

Jean Tardieu (1903-1995) s'est intéressé « aux possibilités théâtrales, envisagées du point de vue de leur structure formelle autant que de leur contenu », et plus particulièrement « aux vertus et limites du langage ».

La pièce Finissez vos phrases ! *fut publiée en 1978 puis reprise en 1987 dans le recueil* La Comédie du langage.

Personnages

MONSIEUR A, *quelconque. Ni vieux, ni jeune.*
MADAME B, *même genre.*

Monsieur A et Madame B, personnages quelconques, mais pleins d'élan (comme s'ils étaient toujours sur le point de dire quelque chose d'explicite) se rencontrent dans une rue quelconque, devant la terrasse d'un café.

MONSIEUR A, *avec chaleur.* – Oh ! Chère amie. Quelle chance de vous...

MADAME B, *ravie.* – Très heureuse, moi aussi. Très heureuse de... vraiment oui !

MONSIEUR A. – Comment allez-vous, depuis que ?...

MADAME B, *très naturelle.* – Depuis que ? Eh ! bien ! J'ai continué, vous savez, j'ai continué à...

Monsieur A. – Comme c'est !... Enfin, oui vraiment, je trouve que c'est...

Madame B, *modeste*. – Oh, n'exagérons rien ! C'est seulement, c'est uniquement... Je veux dire : ce n'est pas tellement, tellement...

Monsieur A, *intrigué, mais sceptique*. – Pas tellement, pas tellement, vous croyez ?

Madame B, *restrictive*. – Du moins je le... je, je, je... Enfin !...

Monsieur A, *avec admiration*. – Oui, je comprends : vous êtes trop, vous avez trop de...

Madame B, *toujours modeste, mais flattée*. – Mais non, mais non : plutôt pas assez...

Monsieur A, *réconfortant*. – Taisez-vous donc ! Vous n'allez pas nous... ?

Madame B, *riant franchement*. – Non ! Non ! Je n'irai pas jusque-là !
(Un temps très long. Ils se regardent l'un l'autre en souriant.)

Monsieur A. – Mais, au fait ! Puis-je vous demander où vous... ?

Madame B, *très précise et décidée*. – Mais pas de ! Non, non, rien, rien. Je vais jusqu'au, pour aller chercher mon. Puis je reviens à la.

Monsieur A, *engageant et galant, offrant son bras*. – Me permettez-vous de... ?

Madame B. – Mais, bien entendu ! Nous ferons ensemble un bout de.

Monsieur A. – Parfait, parfait ! Alors, je vous en prie. Veuillez passer par ! Je vous suis. Mais, à cette heure-ci, attention à, attention aux !

MADAME B, *acceptant son bras, soudain volubile*[1]. – Vous avez bien raison. C'est pourquoi je suis toujours très. Je pense encore à mon pauvre. Il allait, comme ça, sans, – ou plutôt avec. Et tout à coup, voilà que ! Ah la la ! Brusquement ! Parfaitement. C'est comme ça que. Oh ! J'y pense, j'y pense ! Lui qui ! Avoir eu tant de ! Et voilà que plus ! Et moi je, moi je, moi je !

MONSIEUR A. – Pauvre chère ! Pauvre lui ! Pauvre vous !

MADAME B, *soupirant*. – Hélas oui ! Voilà le mot ! C'est cela !
(Une voiture passe vivement, en klaxonnant.)

MONSIEUR A, *tirant vivement Madame B en arrière*. – Attention ! Voilà une !
(Autre voiture, en sens inverse. Klaxon.)

MADAME B. – En voilà une autre !

MONSIEUR A. – Que de ! Que de ! Ici pourtant ! On dirait que !

MADAME B. – Eh ! Bien ! Quelle chance ! Sans vous, aujourd'hui, je !

MONSIEUR A. – Vous êtes trop ! Vous êtes vraiment trop ! *(Soudain changeant de ton. Presque confidentiel.)* Mais si vous n'êtes pas, si vous n'avez pas, ou plutôt : si, vous avez, puis-je vous offrir un ?

MADAME B. – Volontiers. Ça sera comme une ! Comme de nouveau si…

MONSIEUR A, *achevant*. – Pour ainsi dire. Oui. Tenez, voici justement un. Asseyons-nous !
(Ils s'assoient à la terrasse du café.)

MONSIEUR A. – Tenez, prenez cette… Êtes-vous bien ?

1. Qui parle beaucoup.

MADAME B. – Très bien, merci, je vous.

MONSIEUR A, *appelant*. – Garçon !

LE GARÇON, *s'approchant*. – Ce sera ?

MONSIEUR A, *à Madame B*. – Que désirez-vous, chère… ?

MADAME B, *désignant une affiche d'apéritif*. – Là… là : la même chose que… En tout cas, mêmes couleurs que.

LE GARÇON. – Bon, compris ! Et pour Monsieur ?

MONSIEUR A. – Non, pour moi, plutôt la moitié d'un ! Vous savez !

LE GARÇON. – Oui. Un demi ! D'accord ! Tout de suite. Je vous. *(Exit le garçon*[2]*. Un silence.)*

MONSIEUR A, *sur le ton de l'intimité*. – Chère ! Si vous saviez comme, depuis longtemps !

MADAME B, *touchée*. – Vraiment ? Serait-ce depuis que ?

MONSIEUR A, *étonné*. – Oui ! Justement ! Depuis que ! Mais comment pouviez-vous ?

MADAME B, *tendrement*. – Oh ! Vous savez ! Je devine que. Surtout quand.

MONSIEUR A, *pressant*. – Quand quoi ?

MADAME B, *péremptoire*[3]. – Quand quoi ? Eh bien, mais : quand quand.

MONSIEUR A, *jouant l'incrédule*[4]*, mais satisfait*. – Est-ce possible ?

MADAME B. – Lorsque vous me mieux, vous saurez que je toujours là.

2. Le garçon sort.
3. Catégorique.
4. Celui qui n'y croit pas.

MONSIEUR A. – Je vous crois, chère !… *(Après une hésitation, dans un grand élan.)* Je vous crois, parce que je vous !

MADAME B, *jouant l'incrédule.* – Oh ! Vous allez me faire ? Vous êtes un grand !…

MONSIEUR A, *laissant libre cours à ses sentiments.* – Non ! Non ! C'est vrai ! Je ne puis plus me ! Il y a trop longtemps que ! Ah ! si vous saviez ! C'est comme si je ! C'est comme si toujours je ! Enfin, aujourd'hui, voici que, que vous, que moi, que nous !

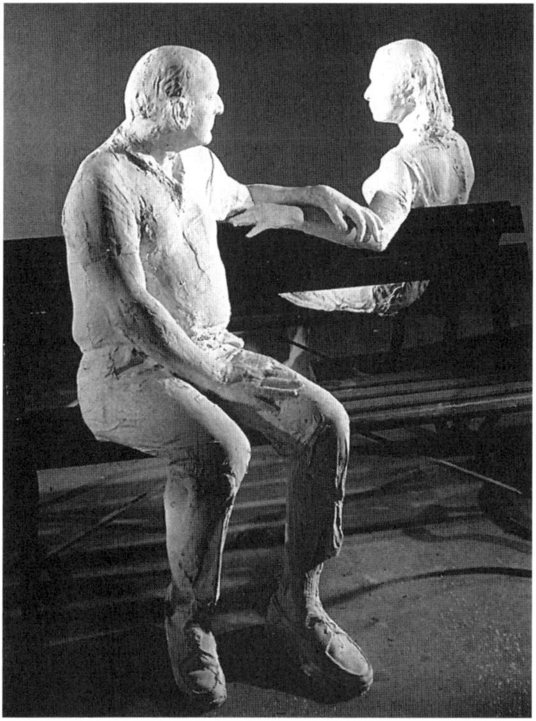

Georges Segal, *Couple sur deux bancs*, sculpture, 1985. Collection privée.

MADAME B, *émue*. – Ne pas si fort ! Grand, Grand ! On pourrait nous !

MONSIEUR A. – Tant pis pour ! Je veux que chacun, je veux que tous ! Tout le monde, oui !

MADAME B, *engageante, avec un doux reproche*. – Mais non, pas tout le monde : seulement nous deux !

MONSIEUR A, *avec un petit rire heureux et apaisé*. – C'est vrai ? Nous deux ! Comme c'est ! Quel ! Quel !

MADAME B, *faisant chorus avec lui*. – Tel quel ! Tel quel !

MONSIEUR A. – Nous deux, oui oui, mais vous seule, vous seule !

MADAME B. – Non non : moi vous, vous moi !

LE GARÇON, *apportant les consommations*. – Boum ! Voilà ! Pour Madame !... Pour Monsieur !

MONSIEUR A. – Merci... Combien je vous ?

LE GARÇON. – Mais c'est écrit sur le, sur le...

MONSIEUR A. – C'est vrai. Voyons !...Bon, bien ! Mais je n'ai pas de... Tenez voici un, vous me rendrez de la.

LE GARÇON. – Je vais vous en faire. Minute !
(Exit le garçon.)

MONSIEUR A, *très amoureux*. – Chère, chère. Puis-je vous : chérie ?

MADAME B. – Si tu...

MONSIEUR A, *avec emphase*[5]. – Oh ! le « si tu » ! Ce « si tu » ! Mais, si tu quoi ?

5. Sur un ton pompeux, solennel.

MADAME B, *dans un chuchotement rieur.* – Si tu, chéri !

MONSIEUR A, *avec un emportement juvénile.* – Mais alors ! N'attendons pas ma ! Partons sans ! Allons à ! Allons au !

MADAME B, *le calmant d'un geste tendre.* – Voyons, chéri ! Soyez moins ! Soyez plus !

LE GARÇON, *revenant et tendant la monnaie.* – Voici votre !… Et cinq et quinze qui font un !

MONSIEUR A. – Merci. Tenez ! Pour vous !

LE GARÇON. – Merci.

MONSIEUR A, *lyrique, perdant son sang-froid.* – Chérie, maintenant que ! Maintenant que jamais ici plus qu'ailleurs n'importe comment parce que si plus tard, bien qu'aujourd'hui c'est-à-dire, en vous, en nous… *(s'interrompant soudain, sur un ton de sous-entendu galant)*, voulez-vous que par ici ?

MADAME B, *consentante, mais baissant les yeux pudiquement.* – Si cela vous, moi aussi.

MONSIEUR A. – Oh ! ma ! Oh ma ! Oh ma, ma !

MADAME B. – Je vous ! À moi vous ! *(Un temps, puis, dans un souffle.)* À moi tu !
(Ils sortent.)

(Rideau.)

Jean Tardieu, *Finissez vos phrases*,
in : *La Comédie du langage*, Éd. Gallimard, 1987.

Questions

Repérer et analyser

La situation d'énonciation

1 **a.** Qui sont les personnages principaux ? Se connaissent-ils ? Qui est l'autre personnage ?
b. Comment sont-ils désignés ? Qu'indiquent la liste des personnages et la didascalie initiale sur leur apparence et leur personnalité ?
c. Ces indications sont-elles précises ? Justifiez votre réponse.
d. Quel effet cette façon de présenter les personnages produit-elle sur le spectateur ?

2 **a.** Dans quel lieu les principaux personnages se rencontrent-ils ? Où vont-ils ensuite ?
b. Pouvez-vous situer l'époque à laquelle se déroule cette comédie ?
c. Quels indices du texte (dialogues et didascalies) permettent de répondre aux deux questions précédentes ?

La conversation

3 La rencontre était-elle prévue ou est-elle due au hasard ? Justifiez votre réponse.

4 **a.** Qui commence la conversation ? Par quels types de phrases ? Qu'indique ce choix de phrases ?
b. Relevez les différents sujets abordés au cours de cette conversation.
c. Qu'est-il vraisemblablement arrivé à Madame B ? Relevez les répliques qui le laissent penser.

Les relations entre les personnages

5 **a.** Quel pronom personnel les deux personnages principaux utilisent-ils pour s'adresser l'un à l'autre dans les trois quarts des répliques ?
b. Quel pronom emploient-ils à la fin de la pièce ? Que signifie ce changement ?
c. Par quel mot finissent-ils par se désigner dans leurs derniers échanges ? Quelle est la portée affective de ce mot ?

6 **a.** Relevez les didascalies qui précisent le ton sur lequel les personnages s'adressent l'un à l'autre.

b. Relevez les didascalies qui indiquent leurs gestes et leurs attitudes.
c. En vous appuyant sur les réponses précédentes, que pouvez-vous en déduire sur les sentiments que semble éprouver Monsieur A pour Madame B ? Quelle réplique indique clairement ses sentiments ?
d. Ces sentiments sont-ils réciproques ? Relevez les termes qui le prouvent.

7 Montrez que leur conversation prend un tour de plus en plus intime. À quel genre de scène le spectateur assiste-t-il dans la dernière partie ?

Le langage

8 **a.** Comment les personnages s'expriment-ils ? Relevez ce qui caractérise leurs phrases.
b. Qu'indiquent les points de suspension ?
c. Que manque-t-il dans les phrases comme « Depuis que ? » (l. 9), « Je vais jusqu'au, pour aller chercher mon. Puis je reviens à la. » (l. 31-32) ?
d. Quels types de phrases dominent ce dialogue ? Quels sentiments expriment-ils ?

9 **a.** Les interlocuteurs parviennent-ils à se comprendre ?
b. Que doit faire le spectateur, lui, pour comprendre ce qui se passe ?
c. Quel est l'effet produit par le procédé de langage choisi par Jean Tardieu ?

La visée

10 **a.** Justifiez le titre de la pièce.
b. En quoi le dialogue est-il comique ?
c. Les personnages réussissent-ils à communiquer ? En quoi cette pièce pose-t-elle la question du langage ?

Jouer la scène

11 **a.** Quels éléments choisirez-vous pour composer le décor ?
b. À quels détails du costume et à quels accessoires pourra-t-on reconnaître le Garçon ?
c. Quels bruitages devez-vous prévoir pour cette pièce ?

12 Comme l'écrit Jean Tardieu dans le préambule d'*Un mot pour un autre* : « … bien souvent les mouvements du corps, les intonations de la voix et l'expression du visage en disent plus long que les paroles. » Pensez à cette phrase en jouant la pièce.

Formez des groupes de trois élèves. Relisez d'abord la pièce plusieurs fois afin de saisir les sentiments éprouvés par les personnages et les exprimer par votre jeu.

Ainsi la réplique de Monsieur A : « Parfait, parfait ! Alors, je vous prie. Veuillez passer par ! Je vous suis. Mais, à cette heure-ci, attention à, attention aux ! » (lignes 37-39) ne doit pas être prononcée d'un bout à l'autre sur le même ton. Le début exprime le contentement tandis que la fin est un avertissement destiné à protéger Madame B.

De quels gestes accompagnerez-vous cette réplique ?

La gestuelle et le ton des répliques

Les didascalies, les signes de ponctuation, comme le contenu des répliques, vous indiquent les mouvements et le ton.

Attention notamment à la didascalie : *Un temps très long. Ils se regardent l'un l'autre en souriant* (ligne 28). Respectez cette pause qui rompt avec le débit plutôt précipité des répliques.

Montrez aussi que ce long regard transforme leur attitude.

Au début, les personnages sont debout puisqu'ils se rencontrent dans la rue. C'est seulement plus tard qu'ils s'asseyent à la terrasse d'un café (didascalie de la ligne 64). Mais assis ne signifie pas immobiles : les gestes doivent être révélateurs du trouble des personnages.

Les points de suspension

Le plus difficile est de prononcer les phrases terminées par des points de suspension : n'accentuez pas trop cette fin inachevée, laissez seulement un court silence s'installer avant de poursuivre le texte.

Lexique

Coulisses. Partie du théâtre située sur les côtés de la scène, derrière les décors et cachée aux spectateurs.

Cour, Jardin. Expressions désignant les côtés de la scène. Le côté jardin se situe à gauche lorsqu'on regarde la scène de la salle, le côté cour est donc à droite.

Descendre. Se dit lorsque le comédien se dirige vers le devant de la scène, près des spectateurs.

Dialogue. Ensemble des paroles échangées entre les personnages.

Filage. On « file » lorsqu'on répète la pièce en entier. Un « filage technique » est une répétition destinée à vérifier la lumière et le son.

Générale. À l'origine, la générale était la dernière répétition qui avait lieu devant un public invité. Aujourd'hui, la générale se joue alors que plusieurs représentations ont déjà eu lieu devant le public dit « payant ». C'est lors de la générale que la presse est invitée.

Guinde. Corde qui sert à mouvoir les décors. La superstition voulant que le mot « corde » ne soit jamais prononcé dans l'enceinte d'un théâtre, on utilise donc le terme « guinde ».

Habilleuse. Personne qui prend soin des costumes et aide les acteurs à s'habiller.

Jeu. Interprétation d'un rôle.

Jeu de scène. Ensemble d'attitudes destinées à produire l'effet recherché (peur, surprise...).

Loges. a. Pièces aménagées dans les coulisses où les comédiens s'habillent. b. Partie d'une salle de spectacle, formée de compartiments cloisonnés, comprenant chacun plusieurs sièges.

Machiniste. Ouvrier qui s'occupe des machines, des changements de décors au théâtre et au cinéma.

Monologue. Scène à un seul personnage qui est supposé se parler à lui-même.

Places. Endroits où doivent se tenir à tel ou tel moment les comédiens.

Planches. Terme servant à désigner la scène.

Praticable. Élément de décor sur lequel on peut se mouvoir.

Rampe. Rangée de lumières disposées au bord de la scène.

Régisseur. Personne chargée de veiller à la bonne organisation des représentations.

Remonter. Se dit lorsque le comédien se dirige vers le fond de la scène, vers les décors.

Répétition. Séance de travail en vue de monter un spectacle.

Répliques. Paroles qu'un acteur doit prononcer en réponse à celles d'un autre acteur.

Tournée. Voyage d'une compagnie d'acteurs donnant des représentations en province et à l'étranger.

Index des rubriques

Repérer et analyser

Table des illustrations

Iconographie : Hatier Illustration / Édith Garraud
Graphisme : Mecano-Laurent Batard
Mise en page : Syntexte

Imprimé en France par CPI-Hérissey à Évreux (Eure) - N° 111831 - Dépôt légal n° 50181 - Juillet 2009